JN316110

新装版

キジバトの記

上野晴子

海鳥社

カバー装幀、本文カット・山福朱実
本扉　カット・山福康政
（初版発行時のカバー絵を使用）
本文写真提供・上野　朱

キジバトの記◉目次

キジバトの記

いまにして

久しく入れたままになっている茶箱をあけた。木製の内側に錫箔を張った、昔ならめずらしくもなかったこんな箱も、今では少なくなったという。

さて、この茶箱は大昔から使っていて、郷里から引っ越しの折に持ってきたものである。夫の死後半年ほどは、書斎の押し入れのなかにひっそりと忘れられていたが、そろそろ片付けなければと思ってあけてみたのだ。

すでに記憶からも失せていた衣類が重なってあるなかに私のグレーのコートもまじっていた。ああ、と思いがけないなつかしさで私の頭はちょっと乱れる。

戦争中の母の防寒着を仕立てなおしたその長いコートはすこし重かったけれど、私によく似合ったし、めずらしく夫も好んでいた。

私たちは結婚しても住む家がなかったので、たまに落ち合う冬の駅で、人込みのなかに彼はグレーの女をさがした。通りかかりの一膳飯屋でのささやかな食事も私たちにはたのしい晩餐であり、時代もまた多くをむさぼらぬ戦後十年の頃である。

やがて共に住む生活が始まると、貧窮は日毎にきびしさを増し、もはや一片の布を購う余裕すらなくなってしまった。肌着まで妹たちのおさがりをもらってまにあわせるのだから、上に着るものは暑さ寒さを凌げればそれでよしとして頓着しなかったが、いつの頃からだろうか、彼は、私の服装の趣味が悪いと言いだしたのである。「よくも——」と私は思った。

選択の余裕があれば考えもしようものを。絶対的な貧しさのなかでは、人は精神的にも物質的にも選択の意志と能力を失うということを私は身をもって知ることができ、一方、いかなる時にも頭を上げ、自己を偽ることのなかった夫の生涯を、いみじきことといまにして思うのである。

古いコートは三十数年目にやっとお払い箱の運命を迎えた。夫が生きていれば私はなおも執着して、茶箱の底にこれを戻したにちがいない。

1989・5・25

『追われゆく坑夫たち』の頃

梅雨の晴れ間の中空を、今日もホトトギスが鳴き渡ってゆく。夫が死んで二度目の夏が訪れた。

彼が残した仕事の、いわば戦後処理ともいうべき作業を私はまだ何もしていない。手をつけようとするたびに、言いようのない疲労感に襲われて、気力をなくしてしまう。いましばらく、遠い思い出のなかに遊ぶことを自ら許してよいものだろうか。

夫の上野英信がルポルタージュ作家として世に認められたのは、中小炭坑の実状を記録した『追われゆく坑夫たち』によってであった。執筆はすでに積み重ねていたので走りだせば速かった。当時、三歳の息子を連れた私たちは、福岡市の茶園谷というところに住んでいた。この小さな隠れ家にたどりつくまでの苦心は、とてもひと口には語れない。

現在「六本松」「谷」などの地名で括られているこの一帯は、茶園谷、馬屋谷、浪人谷というふうにこまかく区切られた起伏の多い山地《やまち》であった。私たちが離れを借りた今村家は、バス通りから細い坂道を数百メートル登りつめた一画に、青々と連なる竹林を控えてひっそりと建っていた。当主が早くなくなった不運なその母子家庭と私の実家とは、先代同士が親友だったというよしみで交際が続いていた。

筑豊から福岡へ来て、私の実家に寄食していた三人は一日も早く出てゆくべきであった。「文学」などという得体の知れぬ仕事をもつ男に対し、常識人たちは不信感を見せはじめている。折よくどこぞに貸し間があると聞けば、昼見にゆき、夜になるのを待ってまたゆく。暗がりにひそみながら耳をすますと、夜のラジオの音は大きく響いた。

「ダメだ!」

即座に彼がいう。私は、ああ、と思う。こんなことを何度くり返したことだろう。

当時英信は共産党員だった。私は、趙樹理の『李家荘の変遷』に登場する革命家小常《シヤオチヤン》の像をわが夫の上に重ねていたので(独身時代の彼はそのように見えた)共産党員というものはどんな場所にいても原稿くらい書けるのだと単純に信じていたが、これは愚かな思い違いだった。私は作家の神経というものをまったく理解していなかったのである。

あれこれの曲折を経て、ついに探し当てたのが今村家の離れである。母屋の灯影も届かぬ別棟のそこは、まことに世捨人が住むにもふさわしい閑寂なたたずまいであった。濡れ縁に迫る山の斜面には、季節ごとに小さな花が咲き、私たちの大事な食料になる三つ葉がいたるところに茂っている。月のない夜などは、真の闇のなかに木のざわめきと土の匂いがあるばかり。はるか下界を通過する市電の響きが時折きこえるのみである。

二つある小部屋の南向きを仕事場として彼の机を据えた。

「ここなら針の落ちる音でもわかる」

気難しい男の眉がはじめてひらいた。

「追われゆく坑夫たち」という題名は、少し平凡だといって、付けた本人が迷っていたけれども結局これに落ち着いた。

「オワレユクコウフタチ」ニテヨロシキヤ

出版社から来たこの確認の電報は、著者の労苦を間近に見た私の、今も忘れ得ぬ一通である。

1989・6・22

鳥を恋う

緑濃い雨あがりの庭、敷石のうえに下りて遊ぶひとつがいのキジバトが、独り居の心をなごませてくれる。

それと気付かぬ人が近寄ってきても飛び立つ気配もなく、二羽ながら同じ方向を見つつ同じ角度でちょっと首をかしげている。

家の入口の大きなヒマラヤ杉の上枝に、十年余りも前から巣をかけている彼らの、これは何代目であろうか。事典でしらべてみるとキジバトは「樹上に甚だ粗雑なる巣を営み」とあった。まったく、見るほうがきまりがわるくなるほどの簡単な巣を彼らは作る。でも、そこから見下ろす人間たちの営みはもっと杜撰なものであるにちがいない。「あれでよく安心していられるものだ――」と彼らは代々語り合ってきたことだろう。

夫が生きていた間、人の出入りの絶え間なかった門前で、キジバトの存在に気付いた人はほとんどなかった。まして、この家の女房がキジバトの平安にあこがれていたことなど誰も知らない。夫婦は二世というけれど、私には一世をもちこたえるのがやっとのことだった。二世など思いもよらぬ。夫の性格はあまりに強く、その目指すところあまりに高かったがゆえに、伴侶として力不足の私はしばしば失速し転落した。

夫はその生命を完全燃焼して尽き、「死」はすでに親しい友人のように私の傍らに在りつづけている。ひとりの人間の死を通じて自分が得たものを、いささかなりと他のために役立てたいとのひそかな望みから、私は最近発足したばかりの「ホスピス研究会」に入らせてもらった。

やがて私の人間業が終ったら、次の世にはキジバトに生まれ変わりたいと子どものように考えている。

1989・7・27

よりによって

「人生まれて作家の妻となるなかれ」は、私が三十年の貧しい体験から得た結論である。作家の妻ほどばかばかしい役回りはない。かの井上ひさし氏の好子夫人が離婚された時、世間は驚いたりはやしたりしたけれど、私は少しも不思議に思わなかった。ここに言う作家とはもの書きのことだが、作家の頭の中は一寸の余地もなくコトバで占められていて、しかも心は一層貪欲に夜となく昼となく空中をさまよいながら、まるで星の屑でも拾うようにコトバを探している。地上の者が声をかけてもすぐには応答もない。無理に促せばふりむきざまに打ちかかってくる。ナメクジにかける塩のように、女房を金縛りにするあらたかな呪文は、「仕事ができない」という一句である。

「キミがそんなことを言ったからもう仕事ができない」

「今日はせっかくはかどると思っていたのに、キミの、いまのひと言でダメになった。もう仕事にならん！」

「何年女房をやってれば亭主の気持がわかるんだ！」

と、これは或る先輩のセリフをそっくり盗用したのである。

机に向かうまでの準備運動は、傍で見ていてもうんざりするほど手間がかかる。たとえばザルの豆の中から小さなゴミや虫をより出すように、一切の雑念を追い払わねばならない。そのために散歩をする、草取りをする、深呼吸をする、お抹茶を飲む、風呂にまで入る。

「そんなにタバコが過ぎると――」

と忠告でもしようものなら、

「そりゃ、やめてもいいけど仕事もあがったりだ。それでよけりゃやめるさ」

とにべもない。誰も「やめなさい」とは言っておりません。

「強い酒は強い人間を作る」

と称して、どうしてそんなに飲むのかと皆があやしむほどに飲んだ。そのアルコールの流れてゆく先は幾条にも分かれているとみえて、ひょっとして妙な所へ流れこんだらたまらない。時ならぬつむじ風を巻きおこして触れるものすべてを薙ぎ倒す。そんな時私はあらためて、彼が私には見えぬ暗い異郷の旅人であることに気付くのだった。

結婚して山の中の小さな一軒家に暮らしている頃だった。女学校時代の友人が遊びに来て、私の生活を眺め、「御趣味がいっしょでよろしいわねえ」と羨んだ。ああ、御趣味！　五歳の息子がすでに「ボクハブンガクヲヤメタ」と言っているのだ。「どうしてやめるの？　とうさんがやっていらっしゃるのに」と聞けば、「ツライカラ」と言う。「ブンガク」という非情の怪物は、時として幼い者の淡雪のような夢さえ踏みにじる。小さな胸は必死に堪えていたのであろう。

「お手討の夫婦なりしを衣更え」というのは私の好きな蕪村の句である。私たちとてもそれなりのドラマはあったがとっくに色あせてしまった。結婚の動機を聞く人があるとぶっきらぼうに彼は言う。

「交通事故ですよ」

「事故の時に知り合われて？」

「いいや、出会ったのが事故というもんです」

ホント、ホント、そうかもしれない。でもどうせなら彼はもっと上等のクルマにぶつかればよかった。よりによって私みたいなポンコツ車と衝突したのが運の尽きというものだ。歯医者さんをびっくりさせた丈夫な歯が次々に抜けてしまったのも、腑甲斐ない女房に対して歯ぎしりばかりしすぎたからだ。

ともあれ、此の世の、ただ一回の偶然によって私の三十年は過ぎ去ったのである。

1989・9・21

三回忌

今年の十一月二十一日は、亡夫上野英信の三回忌である。二年前のこの日の夜、息子からの急報を受けて病室にかけこんだ私の目にうつったものは、すでにただ一本の線と化した夫の心電図であった。すべては終っていた。

病人はかなり前から幾度となく危篤状態に陥りながらも、信じ難いほどの生命力で持ち直してこの日までできたのである。いずれにせよ、目前に迫った「その時」のために私が準備せねばならぬことが山ほどあった。避けようにも避けられぬ氷山を前にした船のように私は身構えて、彼の帰りを待つ家の中を点検していたのだった。晩秋の夜は冷え冷えとして、久しく主の住まぬ部屋〳〵の隅に濃い闇がかたまっていた。

癌の再発で夏の終りに入院し、病状が絶望的となっていった頃、私たちが暮らす田舎は町をあげて体育祭の季節だった。三階の病室から真下に見下ろす小さなグラウンドにも夜毎に照明が点けられ、運動着姿の老若が入り乱れて練習をする。跳ぶ者、蹴る者、走る者、喜々として余念のないその光景を眺めながら、私はたよりない浮游感に漂っていた。病院という建物の内外にくりひろげられている生と死の情景の、いずれもが絵空事のようにしか感じられぬほど私は疲れ果てていた。そしてその夜がきた。

死者を弔う一連の行事を終えて我に返ってみれば、二年という時間が流れていた。この二年間私は何をしていたのかと思う。ただひたすらに、死者との距離を測っていたような気がする。そしてようやく今、その距離が定まったような安堵を覚えている。私はここからまた歩み出さねばならない。

若くして郷里や肉親と訣別した上野英信が、目に見えぬ力に引き寄せられるようにして筑豊の闇に根を下ろしたなりゆきは、思えば不思議な運命である。彼を、滅びゆく炭坑の記録者たらしむべく、筑豊の地底へと導いた大いなる力に対して私は深い敬意を捧げずにはいられない。なぜなら彼は、そこにはじめて己の生きる場を見出すことができたのだから。

彼と三十年を共にする中で、傷ついた狼のようなこの人を、常識の物差しで計ることの無意味さに私はようやく気付いていった。これほど明白なことを悟るにも、愚鈍な私は長い時間をかけねばならなかった。記録文学に携わるについて唱えた「金を惜しむな、時間を惜しむな、命を惜しむな」の三原則は、いつしか有名になってしまったけれども、彼は自らかかげたこの戒めの見事な実践者であった。当然、家計は火の車だったが気にかける様子もなかった。彼にとって家庭は言わば基地のようなものだったから、自分が必要とするもの以外には興味も関心も示さなかった。これほど徹底して自我を貫いた人間も現代では珍しいのではないかと思う。私はひそかに「偉大なるエゴイスト」と呼んでいた。けれども文学者とは本来そのようなものであろう。

彼はその人間的な魅力によって、実に多くの友人や支援者を得ている。殊に晩年は、むらがるように押し寄せた若い友人たちに、自分の総てを与えようとしてやや急ぎすぎた感もある。年寄りの冷や水めいた行動を私ははらはらしながら見守るばかりであったが、それも自らの持ち時間の少なさを予知してのことであったかもしれない。

第一回目の入院で奇蹟的な回復ぶりを見せた彼は、帰宅後休もうともせず次の仕事への意欲を燃やしていた。けれど一度だけ「ぼくの体はもうガタガタになってしまっている」と漏らしたのを私は切ない気持で聞いた。

その夏のお盆過ぎ、作家の深沢七郎氏が亡くなられたとの記事を見て、ファンの私はひとしきり残念がりやがて言った。

「でもあきらめましょう。あまり生きていたくもなさそうでしたから。長患いもなさらず椅子にかけたままで、よかったかもしれない」

彼は私を見やりながら嘆息するように呟いた。

「キミは他人にはそんなにやさしいのに、なぜぼくにばかり生きていろと言うのか」

こんな会話を私が日記に書きとめて幾日も経ぬうちに彼は再び病床の人となり三ヶ月後の死であった。

六十四歳という彼の死を惜しむ声は多い。しかし私は、彼が業半ばに斃れたとは思わない。一人の人間の営為として質的にも量的にも充分のことをなし遂げた六十四歳の死は天命であったと認めたいのである。

親しい人々の手によってまもなく地元から追悼録が出版される。すでに他誌に掲載されたものも合わせれば、優に百篇を超す追悼文を頂くことになる。私は何を以てこれに報ずることができるだろうか。

1989・10・19

広島にて

近年疎遠になっていた古い友人から娘の結婚式にぜひ出席してほしいとの案内を受けた。華やかな集いに出ることがなにより億劫な私は、なんとかのがれるすべはないものかと思案したけれど、相手の熱心さと場所が広島だということに心を動かされて思いきって出かけてゆくことにした。

前日広島に着く。市内で二十年も美容院を経営し、今は廃業してライフワークの鉄の研究に打ち込んでいるKさんがいそいそと迎えにきてくれた。Kさんの先祖は中国山地から筑豊の炭坑へ出稼ぎにきた人々である。Kさん自身も筑豊で育ち女学校を出て中国撫順に渡り、敗戦後八路軍に従軍したという波乱に富んだ経歴の持主である。元気な女性でとても還暦にはみえない。

広島にきた私がどこにゆきたいと思っているか彼女にはちゃんとわかっていた。彼女はまず比治山へと車を走らせ、市中を眼下にみはるかす山頂の旧陸軍墓地の南端に私を立たせた。

三年前に死んだ私の夫は、戦争中学徒兵として軍隊に入り最後の配属地が広島だった。ここ比治山に作られた高射砲陣地で指揮をとったという。原爆が投下された日は爆心地から三・五キロ隔たった宇品の兵舎にいて、爆風で吹きとばされ気を失った。正気にかえってふとみまわすと、周囲の景色は一変していてはるか彼方に中国山脈の連なりがみえた。

「あの時ほど驚いたことはない」と後年述懐している。彼の体にはその時受けた細かい傷あとが幾つもあり、唇の端にはガラスの破片が入ったままだった。若い頃は原爆症で苦しみ、その後も毎年八月の声をきくと心身ともに衰弱し初秋の頃になってやっと生気をとり戻すのだった。

そんなことを思いだしながら比治山の丘の上に立っていると、いま額ずいたばかりの陸軍墓地に整然と並んでいる墓たちがひそひそとささやきはじめるような錯覚にとらわれた。「気の重いところにお連れして——」とKさんが詫びるように呟いて、落葉を踏みながら坂を下る私の足もとを気遣ってくれるのへ私は黙って頭を下げた。

1990・4・26

母ありて

上野英信の母藤井ミチは十年前の秋七十八歳でこの世を去った。苗字が違うのは離婚して旧姓に戻ったためである。信心深い質素な小さいおばあさんだった。なくなる数年前から老人性痴呆症に罹り現とも夢ともわからぬ日々を過ごすようになって、たまに私たちが対面しても会話すらできなかったが、或る時妹が英信を指さして「おばあちゃん、これは誰?」というと即座に「こりゃ鋭之進じゃあね」とさもうれしそうに答えた。勢を得た妹がこの際とばかり私と息子を指さすと、当惑したように首をかしげていたが、ややあって「鋭之進のつれあい、鋭之進の子ども」とたよりなげに呟いたまま再びぼうっと靄《もや》の中へ沈んでしまった。この短いやりとりの中に母の心は尽くされている。英信すなわち鋭之進こそは母の胸に灯る悲しみと愛の根源だった。

父は旧弊な家父長で妻と七人の子に絶対服従を強いる人だった。「ただただ平伏でした」と母が私に語ったことがある。それだけならばどのようにも耐え忍び得る母であったが、父は他に愛人を作って収入のすべてをそちらへ持ち去った上に、借金さえ増えてその取り立てがやっと学校を出て就職したばかりの次男へ迫ってくるようになった時、離婚の決心がついたのだという。

長男の英信は出奔して筑豊の炭坑へ行ってしまった。彼が或る日郷里に帰ってみると、家には人の気配がなく不審に思って近所の人にたずねると「『お前は知らなかったのか、離婚して母は村へ帰ったのだ』といわれてびっくりした」と私に話したが、そんなことがあるだろうか。これは話を際立たせるための彼一流の飛躍した論法だとしか思えない。またこんなのんきなことをいったこともある。「自分の両親ほど仲の良い夫婦はないと思っていた」と。それが苦しみを外に見せぬ母の気丈さであったとしても、子としてはあまりに鈍感過ぎるのではないだろうか。

大勢の子どもを連れて里へ帰った母の明け暮れはどんなに大変だったことだろう。貯えとては何もない。保守的な土地柄の口さがない噂にさらされながら、ただ子どもを守るために身を粉にして働く母の苦労を思う時に、長男たる英信は何の責任も感じなかったのだろうか。おそるべき勁さと非情さではある。
その英信が死ぬ年の正月の来客用ノートに次のように記した。

一九八七年元旦　快晴
むかし〱しきりにおもふ慈母の恩
　　　　　　　　　　　　　蕪　村

常にないことだと私は感じてしばらくその字をながめていた。それから十一ヶ月後に命が尽きるまで、彼の魂はゆらゆらとゆれながら、一歩ずつ母のふところへ還っていった。
私の目にはそれは形あるもののようにはっきりと見えたのである。

1990・5・24

ひえびえとして

年をとったせいか故郷というものが不思議に近く感じられるようになった。若い日には、自分の内から切り捨てねばならぬ部分だと無理にも多い、度を越して嫌悪さえ抱いた郷里の町の一隅にふと昔の風情を見出す。

私は福岡市の中心の天神町《てんじんのちょう》で育ったが、岩田屋デパートの建設を見ながら小学校に通ったのは半世紀以上も前のことだ。地下室の工事で大勢の人夫がモッコを担いで、仮橋のような不安定な足場を右往左往していた光景が目に焼きついている。それは、小学校の大先輩である政治家の広田弘毅氏が首相になった年でもあった。私たちは教師に引率されて、紙の小旗を打ち振りながら彼の生家のまわりを練り歩いた。季節毎にくりかえされた年中行事の思い出も、その日に着た服や食べた物の記憶とともにいつまでも消えない。

亡夫上野英信は、懐古的な話題を好まぬ人だったが、彼の心に故郷はどのように映じていたのだろうか。小学校時代から暮らした北九州の黒崎が故郷といってもよいのだが、彼をとりまく家族たちの感覚はそうではなかった。話す言葉にしろ、生活様式にしろ、習慣にしろ、すべて生地山口県阿知須町《あじす》（現・山口市阿知須）のそれである。阿知須は保守的な土地柄で現在も「家」の意識が強く、長男が家を継ぐということはあらためていう必要もない原則であった。他郷に出てどんなに成功している者に対しても「あれは旅に出ている」と年寄りたちはいう。英信はそんな郷里にそむいて出奔した男である。文字通り旅に出てひたすら我が道を突っ走った男である。そして私はその不心得者の片割れである。故郷の風が温かいわけがない。

英信が五十歳の頃、私は伴われてはじめて阿知須の中野真琴先生のお宅に伺った。中野先生は英信の文学上の最初の師である。何代も続く旧家の主で、教職のかたわらこつこつと私小説風の作品を発表されていたが、久々の挨拶のあと真面目な顔でいわれた。

「上野さん、あなたも六十になったら、こちらに家でも建てて帰ってきなさいよ」と。おだやかな阿知須言葉でそういわれた。「はい、ありがとうございます」と英信は神妙に答えたが、私はしばらく胸の動悸が止まなかった。思いがけぬ故郷の寛大さを見たと同時に、到底実現不可能な本人の在りようを知っているからである。

その英信の胸の中に、いつのまにか、故郷は静かに入ってきた。彼の命が次第に衰えてゆく中でだった。食物の通りがよくないにもかかわらず、彼は実家の妹が運んでくる料理を好んで食べようとした。兄思いの妹は次々に品を代えて作ってくる。けれども病人の体は実際にはもう殆ど何も受け付けなかった。たとえ受け付けたとしても、それは日頃の彼の嗜好とは程遠いものだった。彼が健康な時、私が同じ物を供したとしたらたちまちしりぞけられただろう。食味についてはおそろしくうるさい人だったから。

私は妹の運んでくる物が単なる食物ではなくて、遠い故郷そのものであることを感じ、彼が二度と私のところへ戻ってくる望みのないことを自分にいいきかせながら、彼と同郷でありたいと心から思わずにはいられなかった。人間の魂の終着駅は、そんな原初的なところであろうかと、自分のことにも引きつけてひえびえとした気持になってくる。

1990・6・28

八月

　戦後四十五年。現在五十歳以上の日本人にとって八月は心の重い月である。殊に私の家庭は、夫が広島での被爆者だったこともあって、私が最も神経をすり減らす季節であった。夫はその地獄の体験を自ら進んで語ったこともなく、運動に加わったこともない。著作の中に僅かに出てくるだけである。けれども八月が近付くと、彼の精神はバランスを失い、体調が乱れてくることを私はいつ頃からか知っていた。彼はそれを捩じ伏せようとでもするかのように酒ばかり飲んで、一層私の気を揉ませた。

　彼がこの世を去ったいま、八月は二重の暗い記憶となって私の中に刻まれている。なぜなら彼が死の床についたのもやはりこの月であったから。

　まさかそれが死へ直結するものであろうとは予測することもできなかった。三ヶ月前に大学病院から退院したばかりである。最初難治と危ぶまれた食道の腫瘍が、最先端の医療によって痕跡をもとどめぬほどに治癒したのである。医師からは「九十五パーセントは大丈夫です。五パーセントの懸念はあるが」と告げられた。素人というものはなんとおめでたいことか。五パーセントのことは棚上げにしてはしゃいでいたのだった。本人も周囲も。大学病院を退院した五月下旬から八月下旬までの九十日は、天から特別に与えられた「希望」という名の御褒美だったのだろう。

八月二十三日の朝、夫は自分の部屋にうずくまったまま立ちあがることができなかった。前夜から泊めて、その日沖縄へ同行する予定の若い編集者を朝食の膳の前に待たせたままである。亭主側が客を待たせるなどということは彼の最も恥じるところである。うずくまったまま心細げに笑って「かあさん、ぼくはきつい」と言った。それはこれまで私が一度も見たことのないきまりわるそうな柔和な表情だった。私は驚くと同時に安堵もした。まだ残暑も衰えぬ時期の沖縄行きにはもともと反対だったのである。けれど一旦自分で決めたことは誰が何と言おうと変えはしない。私はあきらめて、若い編集者の同行をせめてもの恃みにしていた。

沖縄を舞台にした彼の作品は先年第一部を終り、いよいよ第二部にとりかかろうとするところであった。岩波の「世界」に連載することも決まっていた。その担当者である青年を現地に案内して、直接作品の世界に触れてもらおうというのが旅の目的であった。むこうでは大勢の友人が彼の帰りを待っていてくれる。実際彼は、沖縄へ行くというよりも帰るというほうがふさわしい関係を長い間に築いていた。

私は彼が持ってゆく筈だった品物をせっせと荷作りしては送り出した。三ヶ月目にあらわれた極度の貧血が、由々しい病の再発の兆であるとも知らず、何の不安も抱かずに「快気祝」と記したその品々は、彼の伝言を携えて一人で出発した青年の後を追い、はるばると運ばれていった。

1990・8・30

筑豊を写した人

九月十五日の未明、『古寺巡礼』や『筑豊のこどもたち』で有名な写真家の土門拳さんが亡くなられた。私は外出先でそのことを知った。家では新聞社から何度も私に電話があったという。記者の用向きは察しがつく。土門さんと上野英信との関係を聞こうというのであろう。たとえば、土門さんを英信が案内したとか、撮影に立ち合ったとか、一緒に飲んだとか、そういうことがあれば記事はふくらむ。でも残念ながら私の知る限り両者の交流はなかった。同じ時期に、一人はカメラでいま一人はペンで、日に日に荒廃の進む筑豊に挑んだわけだが、もしどこかですれちがったとしても、当時まったく無名の英信をかえりみる人はいなかったであろう。

『筑豊のこどもたち』が出たのは一九六〇年のはじめ、それに続いて夏、英信の『追われゆく坑夫たち』が発行された。いずれも非常な反響を呼び、炭坑問題は俄に人々の関心事となった。

土門さんが現地に乗り込んでおられた頃、英信と私と三歳の息子は福岡市の山の中で細々と暮らしていた。狭いところに妻子がうろうろしては目障りなので、昼間私は息子をつれて実家の母の店を手伝いに通い、英信はひとりになって原稿を書いた。屡々《しばしば》原爆症に悩んでいた頃で彼の体は痩せ細り、一日中座り続けた夕暮れの顔はいたましいほどやつれてみえた。夜も昼も彼にはなく憑かれたような仕事ぶりだった。彼のペンが描きだす中小炭坑の悲惨さに私はうちのめされて、「これはほんとのこと?」と思わず聞いてしまう。彼は憮然として「女房がそんなこと言ってどうなるんだ——」と憐れむように私をみた。

やがて岩波新書の一冊として刊行されることになった時、編集部では内容の真偽を確かめるために担当者がわざわざ現地を視察にみえたほどである。無名の作家の作品を出版するにあたって岩波というところはきわめて慎重だった。もし先輩の杉浦明平先生の推挙がなかったら実現したかどうかも疑わしい。かねて炭労の講師として度々筑豊入りされていた先生の激励と斡旋があったからこその幸運である。

はじめてまとまった額の印税が入ったが、それまでに友人たちから借り続けたお金の計算をしてみたら、残るはただの百円余りということになった。これでは明日からの暮らしも立たない。本の売れゆきが良いらしいので「もしかしたら再版になるかもしれない」とたよりない望みをつないで、借金の幾口かは待ってもらうことにした。幸いに二ヶ月後再版となりどうやら一息ついたのである。

土門さんは『筑豊のこどもたち』の撮影後まもなく発病され、不自由な体になりながらも挫けることなく仕事を重ねられたが、三度目の脳血栓の発作と同時に意識不明となり、そのまま十一年間生きられた。気の遠くなるようなその長い時間、かたわらでじっと見守り続けた奥さまの心を私は推しはかる。精神的にも体力的にも経済的にも、どれほどの消耗であったろう。私の場合、僅か一年足らずの看病で疲れ果てて心身の失調をきたした脆さと身勝手さが痛感される。

お会いしたこともない老夫人の前に静かな日々がひらけることを心から願っている。

1990・9・17

瀬戸内海

近頃の若い人たちが結婚の条件をいろいろ並べて、少しでも有利な方へ傾こうとする心理が私にはさっぱりわからない。まるで買いものでもするように右か左かと目移りしている。何もないところから二人で出発しようというような向こう見ずな態度は流行後れになってしまった。でも私たちの若い日には、その向こう見ずの一寸先は闇か光かという不安こそが未来そのものだったのだ。周囲の反対や心配を押し切って始めた私たちの結婚にも予想以上の困難が待ち受けていた。

夫はまるで絵にかいたような貧乏だった。貧乏ということを知ってはいたが、まさかこれほどとは思ってもみなかった。「作家というものは貧乏にきまってる。まして彼は革命家だ。そんなことはなんでもない」と私はむしろロマンチックに考えていた。でも貧乏というのは呆れるほど具体的なものだった。その日のお米がないということだったし、着替えの着物がないことだった。銭湯に行きたくてもお金が足りないことだった。牛乳を買えばお菜が買えなくなるということだった。人並みのおつきあいができないことだった。私ははじめて目がさめたような気持であたりを見まわした。「困ったなあ」と思ったが「いやだなあ」とは一度も思わなかった。そしてその現実がなぜか自分の責任のような気がして狼狽するのだった。

或る日私は、父からもらった硯箱があることを思い出した。桑木地に銀の蒔絵の。道具屋に見せたら八百円という値がついたので迷ったが、急に硯箱がかわいそうになって引っこめてしまった。また或る時は、ボロを何枚か包んで古着屋へ持って行った。そこの人は親切で品物を引き取り「あのね、冬には冬物を持っておいで。夏物は夏にね」と言った。私が持って行ったのは季節外れのものだ。ああそうだったのかとまたひとつ物知りになって、幾らかの小銭を握りしめながら帰ってきたことを忘れない。

何度も引っ越しをして、年毎に夫の仕事が忙しくなり人の出入りも増すにつれ、私は一日の休息も許されぬ身になった。家は、集会所と図書館と食堂と宿屋と、時には駆け込み寺をも兼ねて深夜まで人声の絶えることがなかった。私たちの経済状態を知る人は、長年

1964年頃の筑豊文庫にて、上野英信・晴子夫婦

どうやってしのいできたのかと不思議がるけれど私にもわからない。ただなんとなく切り抜けてきたというのが実情である。もちろん外からさまざまの助力を得てのことだ。

夫は昔国語で習った瀬戸内海の写生文の「きわまらむとすれば通じ云々」を引用して「わが家と同じ」などと笑い、人に対してはこんなことも言う。「うちの奥さんは良いところは少しもないが、貧乏に強いことだけが取り柄です」私は反論はしなかったが腹の中で「このゴクラクトンボめ！」と夫を罵っていた。

私はやりくりが上手かったのでもなく我慢強かったのでもない。金銭に対して鈍感だっただけのことである。この一大欠点のおかげで私は救われたと思っている。

近所の人が来て言うには「金持ちは三代限りだけど貧乏は八代つづく」と。わが家はまだようやく三代目である。

1990・10・25

家

道一つ隔てた隣に新築の家ができあがった。旧式な店構えの平屋だったのを、代が替わって建てなおしたのである。今度は二階があってベランダなども付いている。私の家の六歳の孫はしきりに羨ましがって「あんなおうちがいい」と言う。

幼い目にもわが家の老朽は見苦しくうつるのか。なにしろ昭和初期に建てられた炭坑長屋である。誰もいなければとっくに朽ち果てている廃屋に手を入れて私たちが住みついて以来、すでに二十数年もたっている。炭坑がつぶれて誰もが外に活路を求めていた当時、私たちの行動はずいぶん物好きにも見えたようだ。近所の人々の警戒心が解けるまでにも長い時間がかかった。

でも私は嬉しかった。ここではじめて親子三人が誰に気兼ねもなく暮らせるようになっ

1965年頃の筑豊文庫

たからである。それまでは所帯を持ったとは名ばかりで、いつもどこかの掛かり人的生活の肩身せまさをあじわっていた。でもひとつだけ気になるのは小学二年生の息子のための病院が近くにないことだった。彼が一週間続けて登校できることはめったにない。行きたくないというのを強いてやればたちまち体に現れて発熱したりジンマシンが出たりする子どもだった。ところが、環境が変わると彼はめきめき体力をつけ、冬中半ズボンで押し通すほどの元気者になって皆をびっくりさせた。私は自分の取り越し苦労を反省せずにはいられなかった。

夫が六十四年の生涯の三分の一余りを過ごしたこの家で、迎えた客の数はどれほどにのぼるだろう。記録が欠けているので正確にはわからない。ただどういうわけか毎年十一月が最も盛況で百人に達したこともあった。人々の中ではやはり夫と同業の物を書く人が印象深かった。とりわけ高橋和巳さんにはお会いできてよかったと思う。

隣人たちが住んでいた古長屋もやがて解体されて土地ごと町の所有となり、町営のこぢんまりしたモルタル造りの住宅が建ち並んだ。一変した風景の一隅に私の家だけが旧態をさらしている。「そろそろ屋根のお手入れはいかがです？　樋も古くなっていますよ」と通りかかりの営業マンが満面に笑みをたたえて勧誘する。「ありがとう。お金がありませんので」と言うと途端に笑いをひっこめて後ろ手に戸を閉めてゆく。

数々の追憶を蔵してこの家は、老いたる私とともにかろうじてながらえている。

1990・12・20

二月

夫を先立たせて一人で迎える結婚記念日の味はどことなくえぐいような心地がする。

このまま春になるかと思わせた暖冬が一転して猛烈な寒波が来た。前夜から降り積もった雪で外は異様なほど明るい。明け方、床の中で目覚めながら、結婚記念日というのは二度目の誕生日みたいなものだと思った。

生前の夫には、もはや思い出す値打ちもない日らしかったので、私もいつからか言い出すこともやめていて、自分だけの節目にちょっと心を立ち停まらせる日であった。

夫上野英信の晩年の夢は「美しい恋愛小説が書きたい」というものであったが果たせぬままに終った。記録文学の作家として名を成した彼がそんな夢を抱いていたと聞けば、意外に思う人もいようが私にはむしろほほえましく感じられる。と同時に、多分彼は成功しなかっただろうという失礼な見通しも持っている。彼は「母」を描くことができても「女」を描くことはできない人だと私はいつも思っていた。彼の女性観はあまりにも偏っていた。何ものにもとらわれぬ進歩的な思想の持ち主でありながら、女性に対する部分だけがまるで凍結したように古典的でありつづけた背景には、彼の生まれた長州の風土と、専制君主的な父を持つ家庭と、彼を庇護した著名な明治の文人と、旧日本帝国陸軍の影が厳として存在している。その上に、彼の若い日の不運な恋愛経験が重なってぬきがたい偏見を植えつけたのであろう。また、女性を「奉仕する者」としてあくまで男性の下位に置くことは、彼にとっては思想というよりも「好み」の問題であった。それゆえに尚度しがたいのである。

京都での学生時代の恋人は稀にみる才媛であったそうだが結局彼から遠ざかっている。彼はそれを「裏切り」とした。この体験は、一度も挫折を味わったことのない心を抉り、根強い女性不信と蔑視の要因になったと思われる。故郷には正式に定められた婚約者が待っていたが、すでに帰郷の意志はなくなっていた。

身の置き場所を炭坑に求めてからも、彼がかかわった女性の数は少なくないが、いずれも「美しい恋愛」とは言えないもののようであった。私は不思議なめぐりあわせで彼の女性遍歴の殿《しんがり》を占めたことになる。失業後も炭坑に留まって労働者の文学運動に取り組んでいた彼が、宿痾《しゅくあ》ともいうべき原爆症の悪化のために、しばらく郷里へ引き揚げていた時期がある。一九五五年の初秋だった。思いがけなく私に彼からの手紙が来た。それまで私たちは個人的な通信など交わしたこともなかった。病気のことは「赤旗」が報じた小さな記事で知っていたので私はすぐに返事を書き、お見舞いのおくれたことを詫びた。半年後結婚に至るまでの交際はそのようにして始まったことである。

彼は私を自分の好む鋳型に嵌めこもうとして、私が内面に保ってきたもののすべてを否定することから始めた。十代の頃から熱中していた短歌を禁じたのもその時である。容赦ないその態度は周囲の目にもつらく映じて「あなたがたはお互いを認め合って一緒になった筈なのに——」と私の母を嘆かせた。

いま思い返してもあれは教育ではなく調教である。私は殆ど窒息せんばかりだったが、それもこれもひとえに自分の未熟さのゆえと反省して、一ときも早くこの人に追いつかなければ申し訳ないと焦るばかりであった。

私が生き延びてこられたのは、どんな時にも彼の仕事に対する信頼と敬意が薄れなかったことと、いつのまにか私が複眼を備えて、ものごとを多層的に見るすべを身につけたためではないかと思う。そうなれば自分をもありのままに観察することができる。私の自発性が次第に萎縮し衰弱してゆくすがたもよく見えた。私が時として無分別な衝動に駆られなくなったのは五十歳を過ぎてからである。

笑止なのは私の精神の纏足《てんそく》状態ともいえるいわゆる「女らしさ」に対して、男性の多くが快い印象を抱くらしいことであった。私はその反応を尺度にしてひそかに彼等を測った。夫の「ないものねだり」と完全主義は増大するいっぽうで死ぬまで変らなかったけれども、自分自身にも向けられたその渇きこそが彼の生命の原動力であり推進力であったことを私は認めることができる。

ガン細胞に脳を侵されて発語もままならなくなった頃、彼の言葉を聞き取り得るのは私と息子だけになっていた。彼独特の用語や言いまわしに馴れている私たちは、おおよその判断で要求を理解したが、荒い息の間から洩れるかすかな声がどうしてもききわけられないこともあった。「ごめんなさい、わかりません」と謝ると打ち返すように「わからんようでは困る」と、それだけははっきり言い得たのである。血走って見開いたままの動かぬ目は人の心を見透かすようで怖かった。私は最後まで勇将の下の弱卒であった。

1991・2・28

選択

「君はいいねえ、今日がなければ明日がある、明日がなければ明後日があるというようにのんびりかまえているが。ぼくはもう時間がないんだ」

亡くなる前年の夏頃から、夫はこんなことをいうようになった。日頃大仰な発言をする人なので私は「また！」と思ってさして深くは考えなかった。けれども、このところの痩せようや、気分の変わりやすさや、食の細さや、何よりも「十キロ痩せた」という彼自身の言葉が気になって、私は何度も病院へ行くことをすすめた。でも彼は一向に私の懇願をとりあげなかった。痩せたということさえ自慢げにいうのである。言葉とは裏腹に、普段着の和服姿で、小春日和の玄関先に放心したように立っている肩は尖って、私が声をかけるのもためらうほどの濃い疲れと愁いが感じられた。

丁度その冬は、あとさき五年を費やした『写真万葉録・筑豊』の最終巻が発行されて、締め括りの作業の忙しい時期であった。本の配布や資料の返却や、代人にでも足せる細かい用事まで、すべて自ら見とどけなければ得心がいかない厄介な性癖は、体調を悪くして一層つのったようである。睡眠や食事が十分摂れなくても自分に課した仕事の量を減らすような人ではない。何かにつき動かされるように彼は時間を惜しんだ。

完成した仕事に対して快い賞賛ばかりが寄せられたのではない。思いもかけぬ卑劣な攻撃の矢面に立たされたことも一度ではなかった。そんな時の対応の機敏さ、丁寧さは後に思い返しても舌を巻く見事な手腕である。

常日頃、私の心に兆す不満や欲望をあたかも見抜いたように「自分はいま、何をしなければならぬかということをいつも考えていなければいけない」といっていたが、亡くなる前のあの一年の彼の動きはまさしくその実践であったろう。誰から強いられたのでもない彼自身の選択で、文字通り命とひきかえに、愛する筑豊の写真集をまとめあげて静かに退場していった。

1991・5・23

四年過ぎて

亡夫の著作を通じて、今年の夏も幾人かの新しい知人ができた。酷暑のなかを交通不便な私の家へわざわざ来て下さったということには感謝もし、せいいっぱいのもてなしを惜しみはしないけれど、心のどこかに一抹の憂鬱が生じるのは抑えようもない。

夫が亡くなって四年が過ぎ私は同じ家に外見上は何の変化もなく暮らしている。しかし当然のことながら生活の内容はもとのままではない。

この住居は小ヤマの元坑夫長屋で、五世帯分が一棟の、屋根と柱があるだけの廃屋だった。手入れをして住みついてからも、はや二十七年になる。もともと粗雑な造りなので、いつ壊れても不思議はないほど古びてしまった。私が死んだ後までもこれを維持せよということは、子にとって迷惑な要求である。

それでも人々は来て言う。「いつまでもここを守ってほしい」と。だが、いったい何を守ればよいのか。文化財や天然記念物ならばその番人として果たす役目もあるだろうが、ここでは一人の作家が仕事をした場所ということ以外に、形として残っているものは何もないのである。

事毎に他人より一歩遅れる私は、或る日俄《にわか》に、自分の持ち時間がもう多くないことに気付いた。不意に視界が狭まったような驚きである。じっとしてはいられない心地になった。記録作家の楽屋裏には、さまざまな反古の類が堆積している。それらが有用であった頃、保存、整理は私の仕事だった。「待ッタナシの英信」と妻が名付けた性急な夫は、必要な物がすぐ出てこないと機嫌が悪かった。私は整理能力が著しく欠けているために、いつも見苦しく慌てふためき、それでも夫の後日の用にと収集だけはやめなかったが、彼の死ですべて意味のないものになってしまった。

夫とともにあった歴史は歴史として今の私は、背に負うものを軽くして自然のままに生きていたい。何も彼も片付けてしまおう。

そんな我儘な気持でいるところに、まるで歌枕めぐりのような見知らぬ人の訪れは、私の心を一気に過去へと引き戻し型どおりに作家の妻を演じさせる。

1991・9・26

父が来て

私が上野英信の父に会ったのは僅かに二回限りである。父が八十二歳で亡くなる十年ほど前だった。突然の出現で、私は心の準備をする暇もなかった。

英信と父は長い間絶縁状態であった。父と母は、私たちが結婚する以前に正式に離婚しており、英信がたまに家族を語る場合には、母と弟妹のことのみで、父の存在は一度も浮上しなかったのである。父が母と別れる原因となった他の女性と再婚して同じ町に住んでいることは私も知っていたが、触れてはいけないことのようだった。総じて英信は「負」の部分を表に出さず、妻の私にさえ一種の見えを張るところがあった。

父がはじめて私の前に現れた後、それを聞いた妹の一人が「では、兄の勘当はどうなったのでしょう?」というのを耳にして、私はやっと過去のいきさつを知ったのである。英信は父に背いて縁を切られていたのだ。

戦争中学徒兵だった彼には父が選んだ婚約者がいた。郷里の町では有力な商家の娘である。「どうせ戦死する覚悟だったから……」と彼は語ったことがある。父の意志がすべてを支配したのであろう。休暇で帰省する彼をその家の人々は店の前に整列して送り迎えしたという。そのような公然たる仲でありながら、彼は次第に彼女をあきたらず思うようになった。別れるためには家出するしかない。

本人も悩んだであろうが面目をつぶされた父の立場はもっと苦しかったにちがいない。母や弟妹たちは息をひそめて、荒れ狂う父と冷ややかな周囲の目に耐えねばならなかった。まもなく父は愛人のもとに去り、母は六人の子とともに在《ざい》に戻って細々と暮しを立てたが、出奔して九州に渡った長男からは何の便りもなかった。

不運な婚約者であった女性の写真は今も彼の遺品の中に残されている。

父は年老いて心が緩んだのだろうか、「山口の上野だが――」という電話を取り次いだ私を突きとばすような勢いで英信は受話器をつかんだ。「いまどこに？　すぐ迎えに行きます……」。電話は近くの駅からであった。知人の葬儀に隣町まで来ての帰りだという。

「お父さんだ！」

なぜすぐにお前はわからないのかといまいましげに睨み付けられて私はあっと驚いた。

おそらく二十年ぶりの父と子の再会はこのようにして実現した。そして私の舅への初対面も。父は孫息子をつくづくと眺め、孫はびっくりして少年らしくはにかんでいた。

父は、小柄ながらがっしりした体つきの、すこし気難しそうな老人だった。妻子を捨てて愛人のもとに奔った情熱の名残は感じ得べくもないが、言葉の端々に並々ならぬ自尊心がうかがわれた。

日を改めて再び訪れた父の手にはずっしりと重い魚箱があった。父は自ら包丁を持って持参の車エビを料理した。幼い英信が砂浜を熊手で掻いて採ったという郷里の海の車エビである。老いたる父をあやすようにおだやかに言葉を交わしながら、彼は油断なく私の立居振舞に目を配っていた。

船乗りの父は、洞海湾の浚渫船で働いた若い時代がある。英信は海岸に近い築港会社の社宅で少年時代を過ごしている。四十年ぶりに父にみせるその家は、開発の波がまだ及んでいない一劃に、雑草におおわれてひっそりと朽ちていた。

父に関する私の直接の思い出はただこれだけしかない。

1991・10・31

父の死

英信の父が八十二歳で亡くなったのは、一九八〇年四月十六日である。知らせを受けた英信はしばらく沈黙していたが、「今日は誰にも会わぬ」と一言私に言いわたして自分の部屋に引き籠った。私は、その日の食事をどのようにしたか、何を話したか、今ではもう何もおぼえていない。

葬儀の日にも彼は動かず、私と息子を郷里に向かわせた。はじめて見る父の家は路地の奥のつましいたたずまいであったが、長くその町に住み、社交家でもあった人柄にふさわしく会葬者の数は多かった。

父の二人目の妻となった女性は、飾り気のない平凡なおばあさんだった。戦争未亡人で二人の子どもを抱えての苦しい生活に、父が同情の手をさしのべたのがことのはじまりだと聞いている。

日頃自由に行き来のできなかった娘、つまり英信の妹たちが、柩に取り縋って泣くかたわらで、私はなすすべもなくひかえていたが、焼香の列の中には私を注視して何やらうなずき合う老女たちの目もあった。全員が顔見知りであるような小さな町で、見慣れぬ人間に対する興味であろうか、それとも私の喪服の着付けが無様なのだろうか、そんな思いが脳裏をよぎる。

葬儀はとどこおりなく進んで出棺の時がきた。小高い丘の上に昔ながらの火葬場がある。そこへ登る道の脇で、なかば木立に隠されつつ合掌している男の姿を私は車上から見た。英信の弟であった。かの兄にしてこの弟。すでに他家の主であった父の死に際して二人は同じように節度を守ったのである。


英信が死んで仏壇を新調することになった時、以前彼が色紙に書いて、手作りの仏壇に飾っていた名号を、掛け軸に作りなおして使う案が出た。何気なく色紙の裏を返してみた私はハッと胸のふさがる思いに打たれた。裏に記されたその日付は父の一周忌のお逮夜であった。一年間何も言わなかった英信の心をこの瞬間に私は知ったのである。

そしてまた、あの父の葬儀の日に、人々が私をみつめた真の意味を知る日も来た。父に背いて家出をした長男の嫁は朝鮮人だという噂が流布していたのである。

1991・11・28

最初の夏

私が上野英信にはじめて会ったのは何時だったか思いだそうとするけれども確かな記憶がない。福岡で共産党系の文学講座に講師として臨んだ彼を見たのが最初だったかもしれない。炭坑失業者の上野が筑豊にとどまって活動しながら、「せんぷりせんじが笑った！」という絵ばなしを発表した時、千田梅二さんの素朴な版画を組み合わせた、ガリ版刷り、一冊五十円のその本を、党の若者からすすめられてカンパのつもりで買ったおぼえがある。その作品には私の想像を超えた生々しく熱い炭坑労働者の世界が描かれていた。

〝暗い谷間〟といわれた筑豊の小ヤマを、作家の野間宏さんが巡り歩かれた時、案内したのも上野である。その日程の終りに福岡で講演会が開かれた。戦災をまぬがれた古い教育会館の講堂に、厚ぼったく着ぶくれた聴衆が身動きもできないほどつめかけていた。恰幅のいい野間さんの後に、痩せた背の高い菜っ葉服の男が従っていた。それが上野英信だった。野間さんの講演の内容は忘れたのに、会場のあの熱気と長身の菜っ葉服の印象は今もよみがえってくる。

党の仕事で福岡へ来ると、彼は私の所によく顔を見せるようになった。勘の鋭い私の母は「困ったことになった」と思ったという。娘の心の動きをいちはやく見抜いた母は、上野の凡庸ならざる風格に一目置きながらも警戒して「あの人は、しようと思えばどんなことでもできるでしょう。おまえは苦労しますよ」と言った。戦後の混乱期を四十代で寡婦となって、女手ひとつで大家族を養ってきた母にとっては、実生活の面で相談相手にもなれる親しみやすい娘婿が望ましかっただろう。けれども私は母の忠告などかえりみもせずただひたむきに彼の言葉を信じた。

結婚しても住む家のない夫婦を憐れんだ党の先輩から、自営の電器店の物置き部屋を提供してもらい、私たちはやっと同居にこぎつけたのだが、その夏の異常な暑さは身重となった体にひどくこたえた。裏の山肌すれすれに桟敷のように張り出した狭い板の間は、そよとの風も入らない。階下は風呂場だった。生活の苦しさは覚悟の上だが、私が未経験の頭で考えていた貧乏と現実のそれとはずいぶん勝手のちがうものだった。

加えて彼の古風な女房教育は、私が今まで自分の内にたくわえてきたものを、ことごとく無価値なものとして打ち砕いてしまう。「私のどこかを認めてくれた筈なのに」と思うと口惜しくて涙が出た。

たまに実家へ行くと私はぐずぐずと日を延ばしてなかなか腰をあげなかった。でもやっぱり帰らなければならないと思う。夫を裏切ることはできない。あの人を裏切ることは自分を裏切ることだ。疲れた心を引き立てて帰りの汽車に乗る。昭和三十一年の当時は博多から折尾までの近距離が一時間以上もかかるまだ蒸気機関車の時代だった。

電器店の二階にあがってそっと引き戸を開けると、夫は部屋の隅にうずくまって何か一心不乱の様子である。暑いので上半身裸になっている。「ただいま」とつぶやくと驚いたように振り向いて、その面にさっと光がさしたようだった。立ちあがって戸口いっぱいに、荷物を受け取るような姿勢で両の腕をさし伸べた。

見れば、彼はひとりで版画を彫っていたのだった。

一日の労働を終えて坑内から昇ってきた坑夫が、出迎えの妻にタバコの火を点けてもらっている光景である。幼い子が二人。下のほうはまだ乳飲み子か、母の背におぶわれている。

私のわだかまっていた気分は不思議な明るさに変った。「この人はやっぱり並の人間ではない。こんなに暑い部屋で、食べる物もないのに、悠々と版画なんか彫っている！」到底私の手におえる人ではなさそうだとあらためて思った。

上野英信版画「昇坑」

1992・1・23

退路

私は上野英信と結婚するまで、短歌会「形成」の同人だった。主宰は木俣修氏である。一九三五年に北原白秋が創刊した短歌雑誌「多磨」は、白秋亡き後も木俣氏ら高弟たちの集団指導制によって長く守られてきたが、戦後の混乱が収まって社会が漸《ようや》く新しい勢いをみせ始めた時期に、この由緒ある結社も解散して「形成」や「コスモス」が誕生したのであった。「コスモス」は宮柊二氏に率いられた。私は宮先生の作風が好きだったし、お人柄にも接したことがあるので、どちらかと言われれば「コスモス」を選んだと思う。けれども「多磨」の時代から指導を頂いている、同じく白秋門下の持田勝穂氏が親友の木俣さんに同調されたので、若輩の私たちは師の後について「形成」に入ったのであった。

今、白秋の直弟子で御健在なのは持田さんだけかもしれない。

私の父は計理士で現代風に言えば経営コンサルタントである。大方の経理事務所が家内労働的な簿記屋であった時代に「経営事務所」と名称も改め、十数人の事務員を抱える大所帯だった。福岡が本拠地だが東京にも家を持ち手伝い人や書生さんたちがいた。私たちがしばらく東京に住んだのは、戦争中父が関与した幾つかの軍需会社のために、東京にいる時間が多くなったからである。

超多忙の父だったが、長女の私が生まれつき病弱で性格も偏っていることを、無念にも不憫にも思ったのであろう、手をつくして改善しようとした。

私が本格的に短歌をしたいと父に告げたのは、敗戦直後、疎開先から福岡へ引き揚げる道中でのことである。私は父といっしょにトラックに乗っていた。道路は人や車の往来で混雑していた。そんな時にそんな所で、よくものんきなことが言えたものだと今の私は呆れるが、父は微笑して、それはいいことだと励ましてくれた。

それから一年余、私が二十歳になった冬に父は一月病んだばかりであっけなくこの世を去った。四十九歳だった。そして、私の結婚とその破綻と。外界と同じように私の身辺もめまぐるしく変化していった。私は肺結核の療養をしながら短歌の勉強を再開した。やがて誘われて「多磨」に入会し、持田先生にめぐりあうのである。先生の指導は実作の上でまことに適切、作者の意を損なわず一首に生気を与えられる添削はあざやかな呼吸であった。

母が始めたタバコ屋の店先に座りながら、二十代の終りに上野英信と出会うまで、私の中心にはいつも短歌があった。

「短歌を文学ということができるならの話だが」と前置きして英信は言った。「文学の毒が君の総身に回っている。君は自分で気付かずにいるが、おそろしく傲慢なところがあるんだぞ。短歌なんかやめてしまいなさい！」

思いがけない痛棒であった。結婚前は「あなたの歌をみせてください」と言った人の口からこんな言葉を聞こうとは——。英信の目からみれば私の短歌などは、葬り去るべき過去の残滓であったのか。また、出詠の締め切り日が迫る度に、目の色が変わり、心がうわずってしまう妻を、うとましく思ったことでもあろう。

「退路を断つ」という言葉が好きだった彼は、大学を卒業しなかったことも、郷里を捨てたことも、炭坑以外に職を求めなかったことも、すべて退路を断つためであったという。私にも同じ覚悟を要求したのであろう。私は従わざるを得なかった。

「形成」から急に私の名が消えたことを、いぶかしむ人に向かって持田先生は「上野英信の奥さんが歌を作るのは無理でしょう」と言われたそうだ。

男性女性の別なく、他人の作品のためには惜しみなく協力した英信であるが、私だけは頑として斥けた。

文学の不幸を知り尽くした人の、妻に対する最後の愛情だったかとも思われる。

1992・2・20

高菜

三月に入ってまもなくの夜、隣町に住む友人が段ボール箱いっぱいの高菜を運んできてくれた。十キロ以上もあっただろう。専業の主婦ではない彼女が多忙な日々の合間に丹精した作物である。畑仕事をしている時が、いちばん気が休まると彼女は言う。御主人は、陽のあるうちに勤めから帰ってきても、草一本抜いて手伝うことはなく、晩めしを早くしろと縁側から怒鳴るだけである。

この御主人と上野英信が、共に独身時代から仲の良い友達だった。二人とも当時は共産党員だったので同志というわけだが、私が来てからもこの二人が会って話す事柄は、酒を飲む話、女にもてた話、せいぜい労働組合の裏話くらいで、およそ革命とはほど遠いものだった。飲むこともももてることも結構だけれど、仮にも社会の変革を志す人間ならば、感じ方にも処し方にも新しい何かがあるだろうに、彼らの感覚は旧来の価値観から一歩も出ず、古いというよりむしろ貧弱であった。私は、あけすけな二人の話にいつもうんざりして、私に向かってはバルザックやニーチェや魯迅を説く夫の、どこにこんな低俗な部分があるのかと怪しまずにはいられなかった。若い私の頭も固かった。

さて、高菜をもらった私は、久しぶりに大量の漬物を作ることになったが、曾ては慣れていた簡単な手順も、数年ぶりのこととなると初めてのように慎重に構えるものである。一株ずつ丁寧に塩で揉んであくをしぼり桶の中に重ねていった。高菜特有の青臭い香りが季節の到来を思わせた。

漬け終って手を洗いながら、ふとわれにかえって、思わず驚きの声が出た。私の手が、塩を手摑みにして痛くも痒くもなかったことにはじめて気付いたのである。長い間、私の手は、誰の目にもつくほど荒れていて、私の体の最も出来の悪い一部だった。一年中、絆創膏や黒膏を張りつけている指で客の前に出されるものは味も半減しただろう。我慢できないほど痛くなると皮膚科にも通ったが、根治はしなかった。水仕事を減らすより他に方法はないのである。でも来客の多い上野家は私が終日台所に立たねばまわっていかない。近所に食堂も旅館もない所である。万葉集には「今宵もか殿の稚児がとりて嘆かむ」とあるが、わが殿は見向きもしなかった。およそ不健康なもの、弱々しいもの、泣き虫の類が大きらいな人だった。

夫が亡くなって五年の間に、仕事が少なくなった私の手は、いつのまにか治っていたのである。植物と同じようにこれも自然の営みのひとつであろう。このようにして、もし精神の回復をも期待できるものならば、残り少ない私の前途にも淡い希望が生まれてくる。

1992・3・26

ある晴れた日に

今年の冬は雪も見ず、早々と春を迎えたが三月末の菜種梅雨が長く、せっかく咲き始めた桜も雨に打たれる日が多くて、たちまち散ってしまった。私の家の入り口で、道路までその影におおわれるソメイヨシノの大木は、植えて二十八年経つ。太い幹が地上一メートル足らずのところで二つに分かれ、上方で更に二つに分かれて四方に広がった枝は、平屋の屋根をはるかに越え、春は花の雨、秋は黄葉の雨を降らすので、被害はわが家のみならず隣近所に及ぶ。私は謝りながら箒を持って走りまわることになる。でも、だからといって、この木を伐ってしまおうと思ったことは一度もない。夫の死に合わせて、この木も枯れるのではないかと余計な取り越し苦労をしたことはあるけれども。

私たちが廃坑の坑夫長屋に移ってきたのは三月末。花の季節のはじめだった。玄関前の三角形の空き地には一本の木も花もなく、家の手入れが済むと同時に夫が何よりも急いだのは木を植えることだった。折もよく行商の植木屋さんが訪れたので、ヒマラヤ杉の苗木を五本買ったおまけに貰ったのが桜の若木である。英信の背丈ほどの細い木だったのに、今では筑豊文庫の桜といえば人々の道しるべにもなっている。

二十八年前、小ヤマの失業者たちの世話やき活動に明け暮れながら英信が言った言葉は「この木の下で、子どもたちが恋を語る日がくればいいね」だった。若い者の働く場がないこの土地に、恋を語る年頃までとどまることのできた子は一人もいなかったけれど、植えられた木は際限もなく大きくなって、夏の日陰に道ゆく人を憩わせる。

ヒマラヤ杉は過密になって間引かれ、二本だけが生長した。狭い庭に、この木の重々しさはあまりそぐわないが、英信はこまめによく手入れをするのだった。もともと手先が器用で、大工仕事にも庭仕事にも素人離れの腕前をみせる人だった。「本職になっていらしたら今ごろは立派な棟梁さんなのにね」と私は本気で褒めたことがある。少年の頃、母が「この子を指し物大工にしたら」と言って、父から大目玉をくらったという逸話もある。自身は絵描きになりたかったそうだがこれも父の許すことではない。父は、出来の良い息子に、家名をあげるような立身出世を期待したのである。親たちの願いはことごとく外れて、彼は廃坑の片隅に貧しい物書きの一生を終えた。

ヒマラヤ杉の暗がりには亡き彼にまつわる物騒な笑い話がひとつ残っている。それは、よく晴れて汗ばむほどに暖かい晩春の昼下がりのことだった。犬小屋の脇に備えつけたドラム缶に、風呂用の灯油を補充しにきた石油店のおじさんが、過って多量の灯油を周囲にこぼしてしまった。缶の口にさしこんだ給油ポンプの先が外れたのだろう。犬をあやしていて気付くのが一瞬おくれたので、灯油はヒマラヤ杉の根元にまで流れた。英信は梯子を掛けて木の上に登り剪定の最中で、降りて挨拶した後は再び樹上の作業に戻っていた。

やがて私が、外出の時刻になったことをしらせて家の中に迎えると、彼はいつになく上機嫌の顔で、何がうれしいのかホヤホヤ笑っている。迎えの車に乗り込む時にも相変わらずにこやかな表情でどことなくしまりがない。私は見送りながら、今日はいいお天気だとあらためて空を仰いだ。

そして二、三時間後、帰宅した彼の顔はもう笑っていなかった。同行した青年が私に向かって報告する。「今日の上野さん、とてもヘンでした。ぼくはどこに行ってるんだ、なんて聞くんですもの。それに、よくご存じの筈の道順がわからなくてね。どうもおかしかった」

途端に英信の目付きが険しくなった。「キミ、そんなにぼくがヘンだと気付きながら、どうしてだまってついてきたんだ。そんなにぼくの様子が心配なら、予定を変更して医者へかつぎこむのが順序じゃないか。今ごろになってつべこべ言うても何の役にも立ちはせん!」。妙な逆捩じのくわせかたに呆れて今度は私がニヤニヤする番だった。

息子はあっさり診断した。

「お父さん、中毒ですよ。この上天気に、こぼれた灯油がどんどん蒸発する、その真上の木の枝に止まっていたんでしょう? 危ないとこだった——」

もし外出せずにあのまま剪定を続けていたならば、意識を失って墜落したかもしれないし、鳥にでもなった気でとび降りて首の骨を折ったかもしれず、いずれにしても無事には済むまい。この椿事のおかげで私は〝ラリる〟という新語を知った。

それにしてもあの時、ドラム缶のすぐ近くにいた犬が何の異状も示さなかったのはどういうことか。亡くなった飼い主に似ずおとなしい老犬は、今日ものんびりとヒマラヤ杉を見上げている。

1992・4・23

方言のこと

夫の死後、私の言葉遣いがぞんざいになったということを、最近息子から指摘されてひそかに反省している。自分では気付かぬことだったが、言われてみればいろいろ思い当ってはずかしい。日常の何ごとにつけても、口やかましく指図をする夫がいなくなったので、私の心のたががいつのまにか緩んだらしい。

英信が言葉に対してきびしいのは、職業がら当然のことであるけれども、ときにはあまりにも一方的で高飛車で、私を途方にくれさせることもあった。声の高さやアクセントの置き方や語尾のおさめ方などに彼一流の好みがあって、従わねば叱られる。

彼はまず私が方言を使うことを極端に嫌い、たまに実家の妹たちとかわす他愛ないおしゃべりさえも「南蛮鴃舌《げきぜつ》」といって非難した。私たち姉妹の方言は、こまかな使い分けで長幼の序を保っていたけれど、彼にはそれがわからないようだった。誰しも他郷の方言は耳になじみにくく抵抗を感じるものだが、彼は小学生の時分から同じ地方で育った人間である。友だちとどんな会話をしていたのだろう。最後まで郷里の山口訛りが抜けなかった。それでも自分では癖のない標準語で話しているつもりで、私に望んだのも標準語の女言葉だった。日本語に男女の区別があるのはいいことだと彼は言っていた。

私たち夫婦は、まるで主従のような言葉遣いをして暮らしてきたが、隣近所の元炭坑夫のおじさんやおばさんたちには、そんな私がよほど奇妙に見えるらしく「ここに来たらこの風にならいなさい」とたしなめられたこともあった。どこの家も、女の働きでかろうじて支えられているような失業者の部落では夫婦の言葉も対等である。その率直なやりとりの中に愛情は充分通い合っている。

英信の作品の中で私が惜しいと思う部分は登場人物の会話のぎこちなさにある。語られる内容ではなく、語る人の息づかいがどれもこれも一律なのだ。そして方言の処理がまずい。長年筑豊にいて多くの人に接しながら、性格や年齢や身分の違い等がどうして書き分けられなかったのかと考えてみると、これは曾て私たちの方言を理解しなかったことと無関係ではないことに気付く。

彼は胃腸の丈夫な人で、腹痛ということを知らなかったが、牛乳は合わないと言って飲もうとしなかった。日本人には牛乳を分解する酵素が生まれつき少ない人がよくあるときく。それと同様に、彼は方言を消化吸収する機能が少し劣っていたのではないかと思われる。作家としては不利なことだった。

1992・5・28

評価

上野英信は死んで五年過ぎた今、地元でもすでに過去の人である。この春、愛知県から初めて訪れた若い高校教師が、私の住む町に最も近いＪR直方駅に午前十時に着いて、当地の石炭記念館で尋ねたところ、上野のことは何ひとつわからなかった。「田川の資料館へ行って聞いてくれ」といわれ、彼が逆方向へ大回りをした末に、やっと私の所にたどり着いた時はもう夕方になっていた。

「あまり知られていませんね」と客は気の毒そうに言った。地元での知名度がそれほど低いということは意外だったらしい。歴史に定着した人物は別として、作家などの知名度は地元になればなるほど低くなる。まして、もうこの世にいないとなれば急速に忘れられてしまうものだ。

けれども、上野英信という一人の人間が、生涯をかけて成し遂げた仕事は残り、いつの世までもその価値は変わらないと私は固く信じてきた。ところが、その仕事をも否定しようとする論評が現れはじめた。土門拳や上野英信が筑豊を「ことさらに暗いイメージにつくりあげている」というものである。それゆえに筑豊はいつまでも「負」の印象を拭えないのだ——と。

上野の書くものが暗いという批評は今にはじまったことではないのでおどろかないけれど、「つくりあげた」とか「嘘」だとかいわれると面食らって二の句がつげない。上野が身を挺し、全精力を傾けて記録し続けた中小炭坑の実態が、それを知らぬ人の目からみればいかに特異であろうとも、民衆史の一角の貴重な証言であることは否定すべくもない事実である。そこに展開する世界を「暗い」という一語で評するのはあまりにも浅薄な受け止め方ではあるまいか。若い人が、惜しげもなく過去を断ち切ろうとする前に、もう一度立ち止まって振り返ってくれればと、せんない願いを私は投げかける。

1992・6・25

わが師

九月十五日敬老の日。午前中の電車には、スポーティーな身拵えの老人夫婦が幾組も乗っている。もし夫が生きていたら、私たちもそんなふうに連れだって外出する日が来ただろうか。否、と心が言う。二人ででかけるのは私にとって苦行だった。彼は外見に似ぬせっかちで、目的以外の場所には目もくれない。繁華街で久しぶりに女の目をたのしませてやろうなどとは思ってもみなかった。殊に山歩きの折、短足で肺活量の少ない私は情け容赦もなく置き去りにされた。「来なきゃ来ないでいい。ついて来るならちゃんと横に並んでついて来い」と言う。すべてがこの式で、手加減という言葉は彼の辞書にはなかった。

先年、彼の崎戸炭鉱時代のことを確かめるために長崎へ行った時、中学の剣道部で仲のよかった同級生の小宮山さんという方にお会いした。氏は「上野君のは力の剣道だった」

と言われ、技に優れていたと言われなかったことに、私はかすかな不満を感じたが、やはりそうだったかと納得もした。あの長身が躍りあがって正面から打ち下ろす剣の一撃には恐ろしいほどの力がこもったであろう。

結婚してまもなくの頃、彼が子どもの時から剣道を習っていたことをまだ知らなかった私は、「どこからでもかかってこい」と言われて向かったことがあるが、紙を筒状に巻いて青眼に構えたその姿勢には一分の隙もなく私は文字通り手も足も出せずに立ち竦んだままだった。またある時は、私の態度が悪いといって平手打ちを食わされたが、右の頬の衝撃によろけながらも私は、おや？　と思ったのである。なぜ右の頬にきたのか。彼は平常右利きなのに。そうだ、剣術は左手が肝腎なのだ。右手で柄の根元を握り左手で遣う。だから私を懲らすにもよく利く左手の方が先に出たのである。口惜し泣きに泣きながら頭の一隅でこんな分析をしている私は可愛気のない女だった。だからこそ彼はいつもいらいらして、次から次へと難題を吹っかけたのだろうと思う。

寒い夜、私はふらふらと家を出た。どこへ行くあてもないけれど、一歩でも彼から離れたい。人気のない暗い道を三十分余りも歩いただろうか。ふと、山口誓子の有名な一句が胸に浮かんだ。「海に出て木枯らし帰るところなし」仕方なく引き返してみると、彼はもとの姿勢で静かに酒を飲んでいた。互いに何も言わなかった。彼の酒はいくら飲んでも少しも乱れることがないと称賛されていた。たしかに彼は堂々と男らしいさわやかな酒の飲み方をした。でもそれは、他人を交えている間だけのことである。

妻の視覚は偏りやすい。私は自分の心を制御して夫を師と見做すように努めた。自然な夫婦の有りようからはますます遠くなったけれども、この切り替えは私に一種の自浄作用をもたらした。

師として仰げば、彼ほど多くのものを与え得る人は稀であろう。人間の最も基本的な姿勢を彼は自らの生き方によって示した。深い苦しみや悲しみの中にいて、自由に生きることのできる人だった。私はいつも最後には「不思議な人だった」という平凡な感慨にたどりつく。彼が亡くなった時、「先生は矛盾が調和していた」と言った青年がいるが、なるほどうまく言ったものだと思う。

1992・9・24

英信の流儀

上野英信は座談の名人で、雄弁ではないが非常に説得力のある話し方をした。声は低く静かで、話し言葉というよりも、書き言葉で話す感じであった。一般の人よりもややテンポが緩く、一語〳〵語を択んだ個性的な語り口なので、聞き手は飽きることがない。いつしか、彼の土俵に引き込まれて、訪問の目的を忘れてしまう若い記者などもあり、傍で気の毒に思うこともあった。

バリトンの良い声だったにもかかわらず、彼には音楽的な才能が皆無で、情けないほどの音痴だった。私はよく「声は良いのに――」と嘆息したものである。鼻唄など一度も聞いたことはないが、酒の座で、興じてたまにうたった歌の、本当の節はどうなのか、いまだにわからない。それほど滅茶苦茶な狂いようである。でも、本人は少しも引け目を感じていなかった。

近い所ばかりでなく、遠方からもよく講演の依頼があったが、殆どことわっていた。「一時間だけですから」などと先方は言う。一時間でも五時間でも彼にとっては同じことだ。講演を始めるその瞬間まで、文章を書くのと同様に、内容の推敲をくりかえす。したがって、現在執筆中の仕事に専念できなくなってしまうのである。

手紙の返事もめったに書かない。「私の十枚よりあなたの十行のほうが値打ちがあるのですよ」と促しても応じない。九割くらいは私が代筆したけれど、面識のない人に向けて書く手紙は骨が折れる。特に大切な返信は、恐る恐る検閲を乞う。「よろしい」と言われるまで緊張が続いた。

あらゆる雑音を遮断して一つの標的だけに向かうというのが彼の作法であった。昔の古いラジオのように、他局の音はどれも入らなくなって、NHKだけが辛うじて聞こえるというような状態になった時に、やっと仕事が進むと言う。はじめにゼンマイを固くキリキリに巻き上げたものを、徐々に緩めてゆく方法と、逆に、緩いところから次第に巻き締めてゆく方法と、文章の書き方には二通りあるらしいが、自分のは前者だ、と言っていた。

原稿は楷書できちんと読み易く一字の乱れもない。四百字詰めの最後の一字がまちがえば、またはじめから書き直す。その場合、まったく同じ文章を書き写すのは厭だ。必ずどこかを変えて書く。これは、車で外出した際に、同じ道を戻りたくなかった心理と共通している。

できた原稿を、最初に読ませてもらえるのは身近にいる私の特権だった。「ああ、やっとどうにか乗り越えた。苦労したぞ。どうしてこう何でもないところに引っ掛かっててこずるのかねえ。いやになってしまうよ」などと言いながら、私の前に原稿を置く。「拝見いたします」と言ってちょっと頭を下げると、彼は思いつめたような目でじいっと私を見る。それは、ペンを握っていた指のこわばりがまだとれていない時の彼独特の表情であった。私は、読むとまず褒めることにしていた。意見はあまり言わない。せいぜい送り仮名や文法のまちがいを訂正するくらいである。

彼の初期の作品には、いかにも中国文学の徒らしい表現が目立って、寄りつきにくい印象を与えたけれども、作を重ねるとともに、平明でかつ重厚な文体へと移っていった。南米移住の元炭坑労働者を記録した『出ニッポン記』の中に、飛行機の上から見た大アマゾンの描写がある。調子の高い華やかな文章で多くの人から褒められたけれども、自分ではさほどに満足していなかった。「こんな書き方ならいくらでもできるさ」と突き離して

1965年、後に剣道場となる筑豊文庫の部屋にて。家族で

言っていた。

彼に原稿を見せに来る人もあったが、幾度も書き直しを勧められるばかりで、なかなか出版の目処がつかないので、しびれをきらすか、或いは憤慨するかして、足が途絶える。それらの作品がいちはやく本になって、著者の得意を見るたびに、彼はやれやれと溜め息をついた。

一冊の本を出すことの重大さと、地方に住むこの危険を彼はよく承知していた。地方は天狗の生まれやすい所である。

「今度こそ良いものを書くから待っていてくれ」と言った彼の声が、いまも私の耳に残っている。

1992・10・22

尺取り虫

人は誰でも心の中に、自分だけの暦を持っているのではないだろうか。五年前から私の暦の日付は十一月二十一日で終ることになってしまった。その日は夫の上野英信が亡くなった日である。十一月中旬からその日までの数日は、記憶の引き出しを一気にぶちまけたような混乱が私の神経をたかぶらせる。悲しみとも苦しみともつかぬ冷気の中で、枯れ果てた河原の風景が、風の音さえ伴って眼前に浮かびあがってくる。秋の遠賀川べりに黄金色の花穂を連ねて咲き誇ったセイタカアワダチ草が、茶褐色にすがれてゆく日々に合わせたかのように夫の命も衰えていった。以来私には、人に疎まれるこのたけだけしい帰化植物が、妙に親しいものに思われる。遠賀川の長堤を埋めてどこまでも続く枯れ穂の波をみるたびに、彼はこの波に運ばれて海へ下っていってしまったのだと、あらぬことを考えたりもする。

長い入院生活の間、「いま死んでも悔いはない」と息子に語った彼が、或る夜私に向かって「神も仏もないものかと思うよ」と、ささやくような調子で言った。弱音らしいことを洩らしたのは後にも先にもこの一度だけである。私はその時ただ、彼の感覚を失いつつある右腕をさすってやることしかできなかったが、剣道や力仕事で鍛えあげて、硬くしまった腕の肉が、日毎にゆるんでやわらかくなってゆく過程を、自分の掌で知ることに罪悪感めいた恐怖を覚えた。人体がものであることをあの時ほど強く感じたことはない。

終末へ向かう刻々の変化を示しながら、彼は私に最後の授業をしたのだと思う。「人間が死ぬということはこういうことだ。よく見ておけ」と。

いま六回目の忌を終えて、やっとまた年が越せたというくつろぎを得た。一年毎の区切りをつけて、時間の尺取り虫にも似た私の新年度が始まる。

1992・11・26

港

私が上野英信と結婚しようと思った時、彼にはすでに妻子があるという噂を伝えてくれた友人がいた。私は愕然として、どうすればその真偽を確かめることができるかとひとり思い悩んだ。本人にひと言ただせばすむことをなぜあんなにためらったのか、今では自分をいぶかしむ。当時の私たちは頻繁に会える機会も時間もなく、彼は筑豊に、私は福岡にいて、妻子云々の情報は筑豊側からきたものであった。筑豊という所は、私が不安感なしには想像し得ぬ未知の世界だったが、その噂を聞いて後には一層不気味な所に思われた。

「なんだ、そんなことか、何もありませんよ」と明快に答えた彼の一言で私の迷いは一掃されたけれど、ではなぜそんな噂が飛び交うのだろう。やっぱりそれは根拠のあることだったのだ。後に、彼の持参の文箱から、たくさんの写真や手紙がこぼれ落ちた時の驚きを私は今も忘れることができない。写真の裏に熱烈な文字を記したものもある。彼は、悪びれもせず照れもせず涼しい顔で、いちいち私に説明して聞かせた。独身時代の彼の女性遍歴は目をみはるほど多彩であった。

私も結婚のためには準備期間が必要だったが彼は一方的に「いえ、来月にします」と主張してゆずらなかった。「待っている間に、ほかに好きな人ができるかもしれない。それでは君に相すまぬ」という妙な脅しに私は屈して、家もなく職もなく、もちろんお金もない中で一緒になってしまったのである。実家の者たちは私がいつネをあげて戻ってくるかとはらはらしながらみていたという。

彼が結婚を決意したのは、それまでの複雑な女性関係に終止符を打つためであったろう。船を静かな入江に停めて、しばしの安息を得るために。けれど、この岸とても、けっして天然の良港ではなかったことは、誰よりも私自身が知っている。

1992・12・17

年のはじめに

私の家では正月を迎えるたびに英信の生け花のことが話題になる。

彼はいつおぼえたのか実に上手に花を生けた。京都で学生だった頃、正式に習いたいと思ってお師匠さんのところへ行ったが、一目みて「あなたにお教えすることは何もございません」と言ってことわられたと、まことしやかに私に話したものだ。毎日の仕事机の上にも季節の花を絶やさなかった。他人の目にそれは、私の嗜みのように映ったかもしれないがそうではない。私の下手な生け方では気に入らず、すべて自分でするのである。

材料は手近にあるもので足りる。庭に花木も生長したし、幸いに私たちはいつも田舎に住んだので自然の恵みを受け易かった。裏山から採ってきたアケビや野菊やリンドウや、ときには茗荷の花までが、彼の手にかかると風趣を添えて生き返った。

結婚前、他愛ない問答の折に、どんな花が好きかとたずねたことがある。私の想像に反して「金盞花《きんせんか》が好きです」と彼は答えた。更に「百日草もいいな」とつけ加えた。それまで注意したこともないありふれた花の名を、私はいま知ったもののごとく心に刻んだ。「ぼくはつよい花が好きです」という言葉とともに。花でも鳥でも原種に近い古典的なものが好きだった。

新年の準備に彼が最も力を入れるのは、居間の大テーブルの真ん中に置く盛り花だった。直径五十センチほどもある小鹿田《おんだ》焼きの平鉢に、松を中心にして梅や南天や水仙などをあしらった清々しく豪華な作品ができあがると、私たちは思わず手を拍って喝采したものだった。彼は自分の席についてさっそく酒を飲みながら、時々手を伸ばして花の向きを変えたり葉を摘んだりした。

年末にはとりわけ来客が多く、遠来の若者たちは正月まで居座ってしまう。筑豊文庫を開いてこのかた、親子三人だけで元日を迎えたためしは一度もない。あの忙しさと喧噪をいま繰り返すとしたら、私はたちまちダウンしてしまうだろう。とにもかくにも若い時代の賑わいであった。

晩年の英信の良き友であったおとなしい雌の雑犬が、数日前に老衰で死んだ。飼い主よりも長く生きたこの犬に自分の姿を重ねることの多かった私は、足もとに冷たい波が打ち寄せたようなわびしさを感じた。
もし勝手な思いなおしが許されるなら、遅々として進まぬ私の身辺整理を「時」が手伝ってくれたということか。それにしても、永年この身にしみこんだ習慣はなかなかぬけ難いもので、今朝も起きるとすぐ無意識に犬小屋の方へ行こうとしていた。

1993・1・21

友情

上野英信の最良の友は？　と尋ねられたら私は躊躇《ちゆうちよ》なく千々和英行さんの名を挙げる。千々和さんは北九州香月の人である。香月は八幡西区の一部になったが、もと遠賀郡香月町で、貝島礦業の創業地として知られている。私が住む鞍手町から遠賀川の対岸に遠く望むこの町を「遠賀の香月」となつかしい呼び方で話す年寄りもいる。

英信はその作品の中で「地下足袋の底のようなわびしい部落」と述べて、地元の顰蹙《ひんしゆく》を買ったが、炭坑と農業と小商売とが均衡を保ってこぢんまりと成り立っていたこの町の、出口がないような奥まった印象を、失業時代の屈折した心情とも重ねて率直に表現したものであろう。

英信が千々和さんと知り合ったのは、近くのやはり炭坑町で、商店組合の臨時雇になって不馴れな帳付けをした時であった。その小さな事務所に経理の責任者として千々和さんがおられた。ウマが合ったというのか二人は急速に親交を深めて、さながら義兄弟にも似た固い絆で結ばれることになった。上べは温和に見えながらその実、人の選り好みが烈しく自尊心の強い英信が、終生変わらぬ友情を保ち続けられたのは、偏に千々和さんの誠実で控えめな人柄のおかげである。千々和さんの内にひそむ強烈な自我は、英信と同質のものだけれど表面に出ることは滅多にない。七歳年下の彼の方が逆に兄のように沈着で思慮深く見えることが多かった。事あるごとに英信がまっ先に相談をし、助言を求めるのも千々和さんであったし、英信の唐突な思いつきのような計画を現実のものにしようと骨を折って下さるのも千々和さんだった。海外取材のためには自分の家の新築費用まで削ってまわして下さる人だった。あまりにも申し訳ないことだと思ったが「いいえ、僕はそんなに大きな家を建てる気はありませんから——」とさりげなく言われるだけだった。

建て替え前の千々和家は、質素な古い農家の造りでプライバシーなどが守れる間取りはなかった。にもかかわらず英信は兄貴然として入りこみ、長い時には数ヶ月も厄介になるのである。周辺に住む係累の人々から「あの二階にはいつも上野さんがいた」と言われる所以である。

それぞれが妻帯した後も、二人の友情には寸分の狂いも生じなかった。妻たちは身近にいながら、手をのばしても届かぬ男の友情の世界へ、羨望と困惑と諦めとの入り混った複雑な感情を抱きながら、各自の持ち場を守ることしかできなかった。

或る年の暮れ、一族総出で催す餅搗きに千々和さんの出足が後れたのは、二階にトグロを巻いている英信とその仲間のせいだった。気が気でない奥さんのつや子さんが夫をせきたてたことから口論になり、夫婦は一気に別れ話にまで暴走してしまった。英信は原因が自分にあるということを反省もせず「別れるなら今すぐ早い方がいい」などと言い放ってとりなそうともしなかった。この時の口惜しさは今もつや子さんの胸に残っている。

男の友情は、時に切ない光景を描き出す。英信の病勢が昂じてもう殆ど何も食物を受けつけなくなった頃、千々和さんが「鶴饅頭」を持って病室にみえた。鶴饅頭というのはかねて二人が気に入っている地元の菓子である。英信はすぐに食べるという素振りを見せた。湿り気のない焼き菓子が病人の口に入るのを私は息づまる思いで見つめた。「ホウ！　食べて下さった！　食べて下さった！　上野さんが！」。ベッドに身をすり寄せて見守っている千々和さんの泣き笑いの声が、個室の白い壁に吸われた。

客を見送った後、急いで夫の口をあけてみると、饅頭はべっとりと口腔いっぱいに張り付いて、ひとかけらも飲み込まれてはいなかった。

「こんなに無理をなさらなくても――」と呟きながら私は泣いた。ガン細胞はすでに彼の脳を侵し始めていた。

1993・3・25

坊津にて

亡き英信の旧友夫妻に招かれて、私はこの間はじめて枕崎への旅をした。友人の名は久木田さんといい三代つづく医家で、現在兄弟三人で経営される大きな病院の事務長だが、私のために仕事も休み奥さん運転の車で南薩一帯をまわって下さった。二十七年も昔、英信と写真家の岡村昭彦とが滞在した坊津を、私に見せたいというのが主な目的であった。

深々と入江を抱いて幾重にも石畳の坂がめぐる坊津の町は長崎によく似ている。鎖国の時代に密貿易の拠点となった屋敷は想像していたよりも小さく、しんとしずまった井戸端の敷石に苔の緑が美しかった。

当時この町に住んでおられた久木田さんをたよって、英信が岡村昭彦をつれてきたのは『続南ヴェトナム戦争従軍記』の最後の仕上げをするためだった。前年出版した『南ヴェトナム戦争従軍記』によって報道写真家岡村昭彦の名はあまねく知れわたっていた。泰平にゆるんだ日本人の目を俄に南ヴェトナムへ向けさせたのはこの一冊の岩波新書の力であった。

英信と岡村の出会いはこれより四年溯って英信が『追われゆく坑夫たち』を出した後に始まっている。当時総評から出ていた「新週刊」のグラビアディレクターだった岡村が、炭坑問題の特集を組むために英信を訪ねてきた時が初対面だった。同行して炭坑地帯を廻った幾日かの後、二人はもうすっかり信頼し合う仲になっていた。個性のはっきりした二人は互いに相手の中にもう一人の自分を見たのであろう。「新週刊」がつぶれた後、PANA通信社の特派員として世界の紛争地へ飛び出した岡村は、帰国のたびに珍しい品々と、まだ湯気がたっているような熱々のニュースと、豊富な話題を抱えて、人なつっこい笑顔とともにやってきた。彼は英信を〝兄貴〟と言い私のことを〝晴子ねえさん〟と呼び、「ただいまァ」と言いながら玄関に現れるのだった。彼に従軍記を書かせるために英信がよろこんで力を貸したのもごく自然のなりゆきであった。「その年の春、私たち一家は筑豊炭田のかたほとりの炭鉱部落に移り住んだばかりであり、身も心もくたくたに疲れきっていた。加えて『地の底の笑い話』をまとめている最中でもあった。しかし、私はすべてを放棄して彼の仕事を手伝うことにした。彼が戦火をかいくぐって見届けた事実を率直に記録して発表することは、広く日本人に南ヴェトナム戦争の実態を知らせるために、きわめて大切な仕事であると考えたからである」と英信は書いている。

活火山のようなエネルギーに満ち、孫悟空のように飛びまわることに馴れた岡村には、毎日一室にこもって原稿を書くという作業はかなりの苦行であった。けれども彼は入門したての新弟子のように素直に英信の指導を受け入れた。言いたいことがあまりに多くて洪水のようになる彼の文章を吟味しながら「おいおい、どれが主語なのかね?」という英信の声を私はたびたび聞いた。私は専ら賄い方であったが、その日の気分でめいめい勝手に変る彼らの注文に応じながら、一日中台所に立つことが少しも苦にはならなかった。

本の標題も、二人は文学的に凝ったものを考えて、毎晩大きな黒板いっぱいに書き並べてたのしんでいたが、東京から乗りこんできた岩波のベテラン編集者の有無をいわせぬ裁断で『南ヴェトナム戦争従軍記』に決まってしまった。「志賀直哉の『早春』というようなわけにはいきませんよ」ときめつけられてさすがの二人も返す言葉がなかった。男たちのそんなやりとりが私にはたまらなくおもしろかった。この編集者は高名な田村義也さんである。

続編の執筆が前以上に難航したのは、戦場で酷使された岡村の体力が弱っていたのか、日本の夏のたえがたい湿度のせいか、あるいはまた、独身の彼に対する若い女性たちのすさまじい先陣争いのせいか、そのいずれでもあったと思う。「彼は幾度となく激しいスランプにおちいって、私をあわてさせた。そのたびに私は彼を叱咤激励して大分県の九重高原で仕事をさせたり、寒くなれば鹿児島県の枕崎や坊津で仕事をさせたりしたものである」と英信が書き残している。

坊津で彼らが滞在した旅館は今はもうないけれど、あの辺だったと久木田さんが指さされた。二人がそこにいた或る日、まだ寝ているところを起こされて部屋から追い出された話には誰もが笑う。梅崎春生の文学碑の除幕式に、東京から偉い先生方がみえて、町主催のパーティが開かれるためであった。「宿の人は二人を何と思っていたのかしら？」と私が聞くと「さあね、学生の浪人くらいにみえたんだろう」と英信が言った。「まさか！」と笑いながら、でもひょっとしたら、どこかの万年学生と家庭教師くらいにはみえたかもしれないと思い直した。岡村はそれほど若々しく血気さかんだった。彼が英信よりも早く五十六歳で死んでしまうなどと誰が予想し得ただろう。

梅崎春生文学碑は、海を見下ろす小高い丘の木立の中にひっそりと立っている。横長の黒い碑面にやさしい文字で刻まれた「人生幻化に似たり」の三行。

「この下に暗号所があった筈です」と久木田さんが示された後方の斜面に小鳥の影がつと動いて私はわれにかえった。

はるか中国大陸から飛来する黄砂のために空は茫々とかすんで海との境も見え難かった。

1993・4・15

母ありて（二）

英信の母の写真は、私の手元に数枚しかないけれど、その中で一番良いと思う大きめのものを額に入れて仏壇の近くに掛けた。

母は小柄な飾り気のない人で、この写真も老けてみえるが、一九六七年に撮ったものだからまだ七十歳にはなっていない。冬の垣根を背にして普段着姿で少し横向きに立っている。こんな小さな地味な母から、英信のような大きな男が生まれたとは信じられないくらいだ。父もけっして大きくはない。英信は突然変異的に、体格も風貌も頭脳も一人だけ際立っている。

母は一年か二年に一度、郷里の山口県から出てきて幾日か逗留するのだったが、息子のワンマンぶりと来客の多さに気兼ねして、ゆっくり落ち着くことができなかった。平日に若い人が来て、長時間声高にしゃべり合ったり、朝から酒を飲んだりする光景を物陰から見る母は「あの人たちも今日は会社が休みかね?」とこっそり私にきくのだった。

毎日畠を作りながら、小学校教師の次男夫婦と規則正しい平穏な生活を送っている母には、英信がどんな仕事をしているのか、なぜ人の出入りが多いのか、さっぱり腑に落ちないのであった。母は私を労《いたわ》って「待たずに早く御飯をおあがり」と言ってくれたり、雑巾を刺してくれたりした。また、「このあいだ、いいことを教えてもらったよ」と言いながらバッグの中から取り出した小さな手帳を開いてみせてくれたりもした。そこには仏教の匂いのする処世訓や道歌のたぐいがびっしりと書きこまれていた。記憶力も抜群で、明治時代の小学校で習った「梅干しの歌」など一句も違えず諳ずることができた。

母は、英信の我儘は私がそうさせているのだと言う。山口訛りの柔らかな口調で笑いながらそう言われると、私はそうかもしれないと思ってしまうのである。「あんたはいよいよお人好しじゃから――」と言われて私はじんわりと嬉しくなってくる。私は幼い頃から〝癇《かん》のつよい臍曲がり〟で通ってきて、今でも〝日本一の意地悪ばあさん〟と呼ばれ、本人もそれを認めているのである。お人好しだと言ってくれたのは英信の母しかいない。郷里では褒める意味も多分にこめてこの言葉が使われる。一緒に過ごした時間の少ない私は、母から貰った言葉のひとつひとつを大事なお守りにして胸にしまっている。

無責任な夫と別れ、恃《たの》みの長男には遠く去られた母にその後の年月は長かった。後年母は「子どもというものはどこにいても、しあわせに暮らしていると思うことで親は満足しなければいけない」と言っていたそうである。

去年の秋十三回忌で、弟妹たちと母の思い出を語り合ううちに、一番年嵩の妹が次のような話をした。私たち夫婦が貧乏のどん底に喘いでいた時期、幼い息子を母に預かってもらいたいと英信が頼みにきた由。母は即座にきっぱりと拒絶し「親がわが子を育てずに何とする、お前は心得違いも甚だしい」と言ってきびしく叱りつけて追い返したという。「あの時は烈しかったですよ」と妹は言った。私には前もって何の相談もないそんな〝事件〟があったことを初めて知った。

英信が父に背いて家出を決行しようとする時、引き止めもせず「お前の好きなようにしなさい」と言ったという母と、後のこの母の像とが重なって私の心の奥に明滅する。

私にとって最も大きく、手強い相手であった英信をして「一番怖い人」と言わしめた母は存命ならば九十一歳である。

1993・5・27

同窓会

上野英信が昭和十六年から十八年まで在学した満洲国立建国大学は、満洲国の指導者となるべき人材育成のために創設され、日本の敗戦と同時にその短い歴史を閉じた。八期で終る同窓生の数は、鬼籍に入る人々の増加とともに先細りになってゆく。新制三期と呼ばれる英信の同期生たちもすでに七十歳である。アジアの他民族をも交えて学んだ青春への愛惜のためか学友たちの結束はきわめて固い。

年に一度の同窓会が今年は初めて福岡で開催された。総会が終った後、席をかえて各期別々に集う親睦会をたのしみにして、遠く北海道や東京からもかけつけてみえる。この会に私もぜひ参加せよという勧めがあった。私は例によってたちまち尻込みし逃れる術を考えた。英信本人すらあまり出席したことのない同窓会に私が出てゆくのは、誰よりも英信に対して後ろめたい気がした。けれどもたびたび誘いを受ける間に、次第に気持が前向きになってきて、この際逆に、建国大学を取材してみようという意欲が湧いてきた。私は急いで建大関係の資料に目を通しはじめたが、期せずしてそれは昭和史の復習をすることにもなった。

断片的な思い出話は幾つか私も聞いているけれど、英信が建国大学について正面から語ったものは何もない。たぶん彼は、自分の履歴の中の建大時代を汚点として恥じていたのだと思う。大陸への侵略政策の中にまんまと組み入れられてしまっていた自分を。そうでなければあれほどさっぱりと過去を封じることはしまい。その延長線上に私の過去もすべて否定され、私は血縁とも友人とも久しく往来を断たれていた。

英信のこのような孤立を、同窓の人々はどう見ておられたのだろう。私が知りたいのはそのあたりのことだけれど、老友たちの和気藹々のムードの中で直接触れることはむつかしかった。皆は、私が参加したことを喜んで若き日の英信像を思いだすままに話してくださった。彼はもの静かな青年であったこと。いつも姿勢がよかったこと。学生劇で主演をしたこと。軍隊で恩賜賞をもらったこと。学友たちの記憶に残る上野鋭之進は平凡な優等生である。

原鶴温泉での同期会出席者は総勢二十二名で五組は夫婦、単身の女性は三人だった。翌日解散する時、男性たちの間で冗談めかして交わされたのは「先に死ぬなよ！」という言葉であった。初めて逢ったこの人々と私はもうしばらく一緒にいたかった。英信が閉ざした重い扉の閂《かんぬき》を私はひとりで外そうとしている。

1993・6・24

英信の目

英信がいつも眼鏡をかけるようになったのは何年だったかはっきり思い出せないけれど四十を二つ三つ過ぎてからだったような気がする。この年たくさん写された顔に眼鏡をかけたものはない。ただ一枚の例外は、岡村昭彦を相手に何か話している食卓の光景で、和服姿に眼鏡をかけている。岡村が執筆中の『南ヴェトナム戦争従軍記』の原稿について、食事中にも討論が始まったのだろう。この眼鏡はたぶん仕事用だ。

仕事に眼鏡が要るようになったのは、三十六、七歳頃だったかと思う。自分の健康についてまったく留意することのなかった彼が、目ばかりはどうしようもない必要から買った最初の眼鏡は、福岡新天町の落合天弘堂のものである。

原稿は、太い万年筆で一字一字紙に彫りつけるような強さで書いた。指にタコができるのと並行してペンの軸が汗の塩分でざらざらになった。生来の悪筆だったが、若い時のガリ版切りが身についていて、一字ずつころころと丸虫のようにそろった活字体が彼のものになっていた。結婚前にもらったやさしい手紙もちょっとみると機関紙のようだった。

けれども、彼の原稿が読み易いということでは定評がある。校正にもなるべく植字工の手間をかけさせまいという配慮から、一行の字数を数えて苦心していた。作家によっては初校はもちろん、再校、三校のたびに朱を入れて、紙面を真っ赤にしてしまう人も多いときくが、英信が一行動かすにも気を使うのは、昔の植字工の苦労を知っている自分の体験からである。

それにしても私は彼の視力に関してもっと注意しなければならなかったのに——と今になって思う。晩年のあの視力の衰えは、まぎれもなく、彼の体力の限界をしらせる信号だったに違いない。昼間でも電気スタンドを紙に触れるほど傾けて、その上に覆いかぶさるような姿勢で執筆していた。傾け方がだんだん深くなってゆくのをみていながら、私が彼の健康に思い及ばなかったのは迂闊というより愛情の不足である。気づいたのはもうとりかえしのつかぬ段階になってからだった。

亡くなる三ヶ月前の八月半ば、いよいよ『眉屋私記』の続編にとりかかるべく彼の心は早くも沖縄へ飛んでいた。取材は殆ど済んでいるけれども、二月から五月までの入院中、心配をかけた方々へ直接お礼を申し上げたいので、八月二十三日に出発するという予定を一人で立ててしまっている。

沖縄へ持参するお礼の品をそろえるために二人で黒崎の〝そごう〟へ行った。新里家の中学生の少女には、ピンクの磁器の小箱を撰んだ。蓋をあけるとオルゴールの「エリーゼのために」が流れだす。娘を持ったことのない英信のそんな珍しい買い物を、私はたのしい気持で眺めた。それから、商店街をぐるぐるまわって、正視堂というメガネ店で新しい仕事用のものを注文した。特殊なレンズなので、取り寄せてもらわねばならなかったが、出発予定日の前にきちんと届いた。

けれども、沖縄へ向かって逸る彼の気持はとうとう叶えられなかった。

新しい眼鏡は僅かひと月ほど、病床で彼の目を助けただけで永久に不用となった。正視堂からは毎年律儀にバースデーカードが送られてくる。

1993・7・22

『廃鉱譜』

今は北九州市のベッドタウンになった旧産炭地の中間市で、谷川雁さんや森崎和江さんとともに「サークル村」の運動に参加したあと、私たちはしばらく福岡で暮らした。英信の『追われゆく坑夫たち』はその時期に生まれた作品である。

竹林の中の小さな離れ家に親子三人落人のような生活だったがそれさえも維持できなくなって、私と息子は同じ市内の実家で、英信は筑豊の友人宅でと長い別居生活が始まった。英信が福岡の暮らしになじまなかったのは経済的な理由を別にしても、筑豊以外の所では彼の心が落ち着かなかったからである。

息子はその間に成長して実家の近くの小学校に上がったが、入学式がすんだその日に「おかあさん、ぎむきょういくはいつおわるの？」と聞いたほどの学校ぎらいであった。

毎週金曜日ともなると、必ずお腹が痛いとぐずりだす。休ませてお医者さまにつれてゆきしばらくするともうすっかり元気になって、ひとりで機嫌よく遊んでいる。子どもを赤ん坊の時から診ておられる老医師も首をひねって、慢性の盲腸炎かもしれないので一度外科へゆくようにといわれた。紹介された外科医は若い方だったが念入りに診察し、本人に語りかけなどして、盲腸炎ではなくサイセンツウ（臍疝痛）という診断を下された。腸の過敏による腹痛で心因性のものも多いとのこと。息子の場合はまず学校へ行きたくないということと母親である私の精神の不安定が作用したのかもしれない。

母や弟妹たちの顔色をうかがいながら、実家に居候している私の気持は毎日みじめなものであった。特に、英信が来た日は気疲れで目まいがしそうだった。母たちと英信との感覚は水と油のように分離して、その間に立つ私の神経だけがいたずらにからまわりをした。

鞍手の小ヤマの廃屋を手に入れて移り住むことになった時は、先行きの不安よりも、これでやっと親子が一緒に生活できるというよろこびのほうが強かった。心配の種だった息子の体も少しの間にみちがえるほど丈夫になって学校をいやがることもなくなった。

今、英信の『廃鉱譜』を読み返してみると、当時の私たちの高揚した気分がありありとよみがえってくる。彼も書いているように必ずこの鞍手に住みたいと思っていたわけではなく、筑豊の小ヤマであればどこでもよかったのだが、たまたまここに一棟の空き家があり、英信が敬愛する元組合長の野上さんがおられたのでためらうことはなかったのである。野上さんは盲目の身で闘いの先頭に立った人である。閉山後も行き場のない人々のために骨身をけずっておられるその片腕とも片目ともなりたいと英信はねがった。

まだ壁も乾かない部屋に移り住んで、七輪に三度三度火をおこし、早朝一時間だけの給水で賄う所帯は不自由なことこの上もなかったがまもなく馴れてしまった。廃屋を改造した集会所兼図書館に子どもたちの出入りは多かったけれども、最初の物珍しさが過ぎると大人たちはだんだん寄り付かなくなった。その日その日の稼ぎに追われる親たちに本を読む暇はなかったし習慣もなかった。私たち夫婦が二人とも毎日家にいて、何か読んだり、子どもたちの相手をしているということは、よほどの金持ちか怠け者にしか見えない。

マスコミ関係の人や、学生や文化人たちが足繁く訪れるようになるにつれ筑豊文庫は次第に周囲から浮き上がっていった。炭坑の人々の再起のために使われる筈であった英信のエネルギーが、これら外来者のために費消されてしまうのである。野上さんでさえ以前のような親しみをみせては下さらなくなった。

1966 年頃、筑豊文庫での上野英信・晴子夫婦

多くの人々の出会いの場となり、英信に数々の作品を生ませた筑豊文庫は初期の目的からいえば失敗だったと残念ながら私は思う。けれども彼が書いたように「これが私の棺桶であるかもしれないと思った。また、そうなってほしいと思った」という言葉はまさしく現実のものとなった。この秋、七回忌がすんだら、私は本気になって後片付けをしようと考えている。

1993・8・26

告知

テレビの人気番組の司会者だった逸見政孝氏が、自らのガンを公表して闘病生活に入られたのは最近の話題であるが、その日以来「ガン告知」についてさまざまの議論がかわされている。私は、英信の命を奪った食道ガンのことを思い返すたびに、あれは告知といえるものだったかどうかと少し不安になってくる。

英信が九大病院で診察を受けることになった時、外科の教授に宛てて紹介状を書いて下さったのは、経済学者の都留大治郎先生だった。先生は数年前、同じところに入院の経験があった。紹介状が友人に託されたことを聞き、英信は電話でお礼を述べて、やおら尋ねた。「ところで、先生の御病気は何だったのですか?」「あんたと同じ食道ガンよ」。

これが英信に於けるガン告知である。先生の言葉をそのまま伝えられた私は「あっ」と思った。それから後がいかにも英信らしかった。電話口に出るたびに「はい、ガンの上野です」と言うのである。相手が一瞬絶句するのをたのしむのだ。その頃はもう、病気見舞いの電話しかかからなくなっていたのに。

後で知ったことだが、病識のないことでは都留先生も英信といい勝負である。入院中も夕方になると抜け出して飲み屋へ行ったりして平気だった由。私にも「オシッコを何時間おきに採れとかいうが、そんな面倒なことができるもんか。適当に分けて入れといたよ」などとすましておっしゃる。それでも先生のガンは初期だったのか手術で治ったので、英信のことも簡単に考えられたのだろう。

普通、病気になれば、それに関する知識を得ようと努めるものだが、英信にはそんな気持が一切なかった。そもそも病気の話が嫌いであった。「君たちはなぜそんなに病気の話をする?」と言ってよく叱られたものである。常識程度のことにさえ疎かった。

九大病院では、この手後れの患者を一日も早く収容するために、とりあえず近くの外科病院にあずけて待機させることにした。ここの院長の住吉博士も頼もしい方であった。「あなたの病は重症です。気がかりなことが残っているようでは充分な闘病ができない。今日は帰って何もかも片付けて明日戻ってきてください」といわれ、彼は入院したその日に一旦帰宅したのだった。その夜私たちが、家族だけで過ごしたか、誰か親しい人を呼んだか、今はもう思い出せない。

数日後、九大病院の二人部屋に移った。一人は、手術で声帯を失った四十代の男性だった。付き添いの老母は肥後訛りの朴訥な口調で、四十歳まで病知らずだった息子の今の不幸を嘆かれた。幾日目かに真向かいの病室が空いた。「ゆうべ一晩中、おとうさん、おとうさん、と泣く声が聞こえた」と英信が言った。死者は九大の先生だったことを翌日の新聞が報じた。

英信の入院は長びくに違いないし、見舞い客も多くなりそうなので、私は思い切ってその部屋を申し込んだ。浴室や次の間が付いている特別室で、私たちには不相応だが、火を使えるのはここしかない。彼の味覚は全く変ってしまって、口に合うものが少なかった。もっともこれは、少しでも食べられるようになってからの話で、しばらくは点滴だけだった。

治療は、放射線と温熱療法の二本立てで施された。患部が心臓の近くまで迫っているために、手術は危険でできないと告げられた時の私の気持は、悲観よりもむしろ安堵であった。手術の苦痛を彼に味わわせたくなかった。けれど、患部を電磁波で焼く温熱療法も、なまやさしいものではなく、手術に比べればまだらくだからと医師になだめられて、必死に堪えていた。放射線は、午前と午後に分けて、胸と背から遠隔照射で一時間ずつかける。薄暗い放射線室で体を縛りつけられている間、「そうだ、僕は今、銀河鉄道に乗ってるんだ、と思うことにしたよ」と言うのが初日の報告だった。私は救われる気がしたが、回を重ねる毎に、胸と背の長方形のその部分が焼け、さながら赤レンガをはめこんだようになってゆくのはつらい眺めであった。

三ヶ月後、奇蹟的に、彼の食道からガンは消えたが、生命そのものの再生力も失われた。「僕の体はもうガタガタになってしまっている」と口惜しそうに彼は呟いた。

家に帰って僅か三ヶ月後に異変は起きた。私は平素、ガンは告知すべきだと思っているし、特に自分の場合は必ずそうしてもらいたい。にもかかわらず夫の耳に、再発を告げることはどうしてもできなかった。なぜだったかと今でもよく考える。

1993・9・16

野上さん夫妻のこと

　私が三十年近く住んでいるこの旧炭住の所有が、元組合長野上吉哉さんの名義になったままで、そのため毎年野上さんの方へ税金がかかってきていたことを、私が知ったのは今年の七月であった。なんという迂闊なことであったろう！　私は驚きと申し訳なさで身が竦んだ。もし私が、七月のその日野上さんの所に行かなければ、今も知らずに過ごしていよう。

　野上さんは交通事故の後遺症のため、一年以上も入院生活をしておられた。殆ど全盲に近い彼の、片方の眼だけはかすかに明暗がわかるらしかった。異常なほど鋭い他の感覚にたすけられて、自転車にも乗り、地中の水道管の故障までみつけるという、人間業とも思えぬことができたのに、一年前の交通事故の衝撃は、残りの視力を奪ってしまったのである。以来病院の一室で鬱々の日を送っておられるので私は時折たずねて、少しでも気分を引き立てようと努めていた。その幾度目かに家の話が出たのである。

昭和初期に建てられたこの五軒長屋は倒壊寸前の廃屋で、閉山後国税局に差し押さえられていたのを落札し、ここに集会所を作ろうという計画は、もともと野上さんの発案であった。これに共鳴した上野が全面的な協力を申し出て家族もろとも移り住んだのである。野上さんは家の名義を出資者の上野にするようすすめられたが、建設までの経緯をみても野上さんを代表とする方が自然であったし、多くの人の助力を得て確保できたこの家を、上野が私有するような印象は避けたかったのであろう。役場との話し合いもついて税金はかからないことになっていた。でも現に課税されて、野上さんは長期間払い続けて下さったのだった。税金は言うほどの額でもないけれど、自分に万一のことがあった場合は、手続きが面倒になるだろうから、今のうちに名義変更をしておいたほうがよいと思う、という御意見に私はありがたく従うことにした。

司法書士を通して行う法務局への申請に必要な書類を揃えなければならないが、それを野上さんから頂くまでに思わぬ時間がかかった。本人は入院中だし、奥さんも病身なので、すぐには役所へも行かれない。一度は私に実印を託されたが、里帰りしてきた娘さんに叱

1965年、筑豊文庫にて野上吉哉氏と上野英信

られてあわてて取り消す一幕もあった。若い女性の用心深さを結構なことだと思った私はおとなしく待っていればよかった。

十月になってやっとすべての手続きが済み家の所有権は上野朱に移った。できあがった新しい書類を野上家に届けに行くと、数日前に退院された野上さんは、寝ながらラジオを聞いていらっしゃるところだったが、ラジオを止めて私の報告を聞き安堵の微笑をみせられた。奥さんは震える手でお茶をつぎながら「これでほっとしました。もういつ何があっても安心です」と言われた。

かたい信頼で結ばれた野上さんと英信の間に、時がたつにつれて生じた食い違いの責任は、もっぱら英信にある。英信はいつのまにか野上さんを置き去りにして独走してしまった。その独走が多くの成果を収めたことも事実だが、野上さんの孤独を深めたこともたしかである。筑豊文庫の成り立ちと野上夫妻とのかかわりを思う時、私の胸にひろがるのは重い呵責の念である。それをつぐなうすべはもう何もない。

1993・10・14

七回忌

十一月二十一日、英信の七回忌が済むと同時に、季節は一転して冬に入った。私は、彼が自分の死期をこの晩秋の末に定めたことをいかにも彼らしい周到さだと思う。春も夏も彼にはあまりそぐわない。かといって、好きだった冬のど真ん中では即《つ》きすぎて興醒めだし傍迷惑でもある。晩秋とは実にうまくやったなあ、と私は感心するのである。

今年は七回忌に因んで、ひと月前から町の資料館で「ヤマの記録者たち」という特別展が催され、亡き山本作兵衛翁外六人の元炭坑夫の手になる絵や彫刻と、多くの写真家による貴重な炭坑の記録写真も展示された。ショーケースの中に並べられた英信の遺品や生原稿は、まざまざと彼の在りし日を偲ばせた。

十一月七日には、東京から作家の鎌田慧さんを迎えて「上野英信と記録文学」という講演があり、ひきつづきお寺で追悼会が開かれた。この席で再会した旧友たちには等しく年輪を重ねた風格が備わっていたが、英信との交遊を語られる顔は一様に若やいでみえた。「誰にとってもあの頃が一番良い時代だったのでしょう」と後輩のカメラマンが言う。

六年前の告別式で弔辞を読まれた親友の溝上登茂喜さんも今年七月に永眠された。「上野君、君の手のぬくもりを忘れることはありません。しばらくの間、お別れします」と弔辞は結ばれていた。溝上さんとは満洲で学生生活を共にした仲である。

英信は毎年三月になると、出版社や新聞社の支払票を持って公認会計士の溝上さんの事務所へ行った。確定申告の時期である。溝上さんはどんなに忙しい時でもゆったりとにこやかに英信を迎えて下さる。大きな会社や商店の会計監査をしている専門家の目に、それはどんなに貧弱な内容であったろう。「上野は今年もこれだけの収入しかなかったのか」と驚かれるのが常だった。

印税や原稿料の一割は源泉徴収でとられている。それが年度末の確定申告で還付金となって戻ってくるのを私たち夫婦は楽しみに待つ。一年中火の車の台所にとってそれは貴重な収入だった。

さて、私が英信のことを書き始めてかなりの時間が過ぎたが、いつになっても姿勢が定まらないし自信もつかない。でも止めたくはない。昔、精神的にひどく追いつめられていた時期、私は小説を書こうとしたことがあった。気振りにもみせなかったつもりなのに、彼はどこから察したのか「女で物を書くのにロクなやつはいない」と言い放った。それは彼の本音ではなく専ら私への牽制だったと今でも思う。別の時に、私がお茶を習いたいと言うと、「今ごろ何を言うか、君はもう人に教えていなければならんころだ」ときめつける。少しでも何かしたいと思う気持は、雑草の芽のようにいつも摘まれてしまった。

普通の主婦に比べれば私はよく働いた方だと思う。しかし、家事労働はどんなに馴れても上達しても、それで心が充足するということはない。これが自分の天職だとはなかなか思い難いものであった。

いま私は、上野英信に対して納め過ぎた税金の還付を求めて「書く」という行為をしているのだろうか。そんなさもしい料簡をおこさずに、おとなしくひっこんでいろという声がどこからか聞こえてくるようだ。

1993・11・25

置き土産

　十一月二十一日の夜、京都の岡部伊都子さんから電話があった。英信の祥月命日をおぼえていて下さった。いつもながら柔らかな、か細い声で「もう七回忌になりましたなぁ」と語尾がたゆとう。英信は上方の女性の、余韻を残して波が引くような、こんな話し方が好きだった。九州の女の、最後まではっきりと言い切る口調は女らしくないと言って、谷崎潤一郎まで引き合いに出して私を叱ったものである。何か問われて、間合もおかず、打ち返すように答えるのも悪い癖だと言ってよく叱られた。

　岡部伊都子さんは英信と同年の生まれ。大阪の人であるが京都に移られてすでに久しい。最近病気がちなので、家をたたんでもっと簡便な生活に切り替えたいとの意向を聞き、私は即座に賛成した。実は十年も前から勧めたかったことだ。一人暮らしで病弱で、執筆に忙しい人が、広い邸を維持してゆくのは並大抵のことではない。それも彼女の類まれな美意識を満足させるほどの維持の仕方である。通いのお手伝いさんはいるけれど、来客のたびに自身で心をこめた饗応をなさる。英信もそのもてなしにあずかった一人であった。或る時、たぶん初夏の頃であったろう。お土産に迷ったあげく、花屋によってテッセンを求めた。テッセンは英信が自分の庭にも植えるほど好きな花である。京の花屋の主人は、英信を画家だと思ったらしい。入念に択んでくれたそうである。彼は帰ってきてやや得意げに私に吹聴した。後日岡部さんの本の中に「日本の男性にお花はあまり似合わない」とあるのをみつけて彼は苦い顔をした。ともあれ、あの頃が岡部さんと英信の最も親密な時代であったと思う。

一九六〇年に英信が『追われゆく坑夫たち』を出した直後、窮乏に喘ぐ筑豊の小ヤマの人々に対して、いちはやく救援活動に立ちあがった関西の女性グループがあった。その中心で彼女たちの敬愛を集めていた人が随筆家として名声を高めつつある岡部伊都子さんであった。グループは二十代から三十過ぎまでのまことに良心的な女性数人で、会社員もあれば薬剤師もあり、花嫁修業中のお嬢さんもあった。彼女たちは街頭に出て募金をし、衣類を集め、食料を調達して、年末の鈍行列車を乗り継いではじめて炭坑地帯に入った。案内役はもちろん英信である。当時家族は福岡に住んでいたが、年末の定期便となった彼女たちの先導をつとめる英信は正月を家でくつろぐことも稀になった。或る年、関西に戻る一行を慰労するために太宰府へ案内したことがあり私もお供をした。いよいよ別れる間際になって手を振り合っていた時、突然誰かが叫んだ。「上野さん、もっと奥さんを大事にしてくださいー」。英信は虚を衝かれたが、すばやく応じて「していますよ！」とどなり返した。私は己の卑屈さが外に表れてみえたことを恥じた。

岡部さんと英信が対面したのはそれから尚しばらく経ってからである。流麗な文章と筆跡で英信宛のお手紙がしばしば送られてくるようになった。宛名は必ず先生と記され、敬意に満ちた匂やかな言の葉が連ねてあった。

わが家にお招きして一緒に小ヤマの坑内へ入らせてもらったこともある。当時は私たちの町にも零細な狸掘りのヤマがまだ残っていたのである。

高橋和巳さんを迎えたのもやはりこの頃であった。『邪宗門』の中で、信徒たちが弾圧をのがれて炭坑に身を潜めるという設定で、現実の坑内をみたいという希望だった。英信は高橋さんのために大小二ヶ所の坑内見学を準備した。まず鞍手の小ヤマ。次に隣町の貝島炭礦の坑内を。ところが高橋さんは、一ヶ所だけでひどく疲れてしまって、もう動こうとはなさらない。英信はあわてて、ひきうけてくれている人たちへの連絡に追われた。肉体労働など一度もしたことがないと思わせる高橋さんの、うなじの白さと細さを私はよく思い出す。亡くなられたのは六年後であった。

英信は冗談に「ぼくがいよいよ動けなくなったら『私が坑内に下げた百人の作家』というのを書こうかな」などと言っていたが、まったく、一時期彼は閉山地帯のガイドでありリポーターだった。私が彼の妻でなかったら、生涯会う機会もなかったであろう稀有な人々の断片的な思い出は、彼から私へのかけがえのない置き土産である。

1993・12・16

あまりに古典的

英信と結婚してほどなく、私は彼が妻についてこう語るのを聞いた。「父親が早く死んで、母親が父親に仕える姿を見ていないからだめなのだ」と。この言葉は、新生活の中でふくらんでいた私の夢をしぼませる充分の力をもっていた。仕える？　久しぶりに聞いたような気がするその言葉は、私が二人の間に使いたくない言葉の最たるものであった。

私の父は、大家族の長としても社会人としても抜きん出た実力を持っていたが、自分から威を振るうようなことはなかったから、母が子どもにまで見えるような殊更な仕え方はしなかったのである。

英信の家では父の権威が絶大で母は「ただただ平伏でした」と私に語ったことがある。娘たちに対する制約はきびしく、父は紙に記した何ヶ条もの教訓や禁忌を常に掲示していたという。男を女よりも上位とするのはいうまでもないことで、特に長男の英信は別格であった。幼い頃から身についた特権意識を支える能力にも恵まれた彼は、自分が衆の上に立つことに何のためらいも感じていない。殊に女性に対する優越感は生涯あらためようともしなかったので、時に不用意に表れて、周囲に予期せぬ波紋を広げた。

ともあれ日頃の物腰は静かで礼儀正しく、人の話を聞く態度も謙虚なので、彼には女性のファンが少なくなかった。一度関西のさる良家のサロンに招かれて卓話をした折、〝植物のように清潔な〟男性だと評されて、面喰らった思い出もある。

彼が四十代の終り頃にはよく離婚の相談を受けた。訴えてくる女性たちは長時間滞在して、夫に対する不満の限りを口にした。そんな時英信は、切れかかった糸を再び繋ぐ努力よりも、いさぎよく断ち切って、新しい方向への一歩を促す男であった。自分自身がいつもそのように生きてきたのである。

ところが、冷静な判断力を失っている生身の女のエネルギーはしばしば目標を誤って、新しい一歩を英信その人に向ける結果となった。わざわざ使者を立てて結婚を申し込む人も現れる。それまで英信以上に彼女たちの味方であったつもりの私は、思いもかけぬ展開にただ驚くばかりである。彼女たちは結局英信を傷つけ私を傷つけ自分を傷つけて去って行った。
英信が出会った多くの女性の中で、彼の心をとらえた人々は、いつも程よい間隔を保っていた。分別盛りの男の眼にそれは最も美しく見える距離でもあった。彼女たちは私に遠慮したのではない。英信の古典的な女性観に眉をひそめていたのである。

1994・3・13

節目

私たちがここ鞍手の六反田という小ヤマの跡に移り住んだ一九六四年三月二十九日から数えて、満三十年の節目が過ぎた。

筑豊文庫の看板をあげた日、英信が気負って書いた宣言文は、彼の死後額装して壁に掛けてある。筆に横書きした縦五十二センチ、横八十五センチの和紙は、古ぼけて見苦しいほど汚れているが次のように読める。

筑豊が暗黒と汚辱の廃墟として滅びることを拒み、未来の眞に人間的なるものの光明と英智の火種であることを欲する人びとによって創立されたこの筑豊文庫を足場として、われわれは炭鉱労働者の自立と解放のためにすべてをささげて闘うことをここに宣言する。

1965年1月15日

この日から数えればまだ満三十年とはいえないけれども、私にはやはり移ってきたその日が記念日である。英信も同じ思いであったらしく、一九八四年三月を二十周年としたので、友人たちの尽力による盛大な記念会が開かれた。会場は玄界灘を望む遠賀郡芦屋町の丘の上に建つ国民宿舎であった。二十周年と合わせて、英信の還暦と『眉屋私記』『写真万葉録・筑豊』の出版をも祝う幾重にも晴れがましいものだった。今も私の手元にある当日の名簿をみると、出席者百あまりの中に東京や沖縄からわざわざかけつけて下さった十数人の名前がみえる。同じ年の秋には西日本文化賞というおまけまでつき、今思えば、三年後に亡くなる英信のあれが総仕上げであった。『写真万葉録・筑豊』全十巻は一九八六年の暮れに完結した。英信はそれを見届けてはじめて病院へ行ったが、ガンはすでに進行して末期であった。

十年目の一九七四年は彼が南米に行った年である。農業移民として南米各地に散らばった炭坑離職者を七ヶ月にわたって訪ね歩いた。

1964年、筑豊文庫建設の作業風景

十年の節目毎に新しい跳躍台に立って満を持する彼の姿を、私はいつも驚きの目でみつめた。「愛」や「幸福」というまぼろしから遠く隔たった私を三十年支えていたものは単純なこの驚きではなかっただろうか。彼は死後も尚私を驚かせつづけている。

1994・4・10

山口

四十年も昔の思い出の中心に、一昨年火災で焼失した山口のサビエル記念聖堂がある。近ごろ再建計画がととのって工事が始まるという記事を新聞でみた。イタリア人技師の設計による新しい建物は以前とは全く異なる現代的なデザインである。数年前、山口のデパートで開かれた「郷土の作家展」に上野英信もとりあげられた時、私は山口まで行きながら、サビエル聖堂に寄ってこなかったことが悔やまれてならない。あそこには、英信とはじめて旅をした日の温もりが残っていたのに。

それは英信が、私を肉親に引き合わせるために郷里へ伴う短い旅の途中に、一日だけ山口で遊覧に費やした貴重な時間であった。私たちは前日結婚したのである。

山口へ行くのには九州を出て山陽本線に乗り換え、小郡から更に山口線へと乗り継いだわけだが、はじめての私にはどの方角へ向かっているのかさっぱりわからなかった。とにかくとても長い道のりで、三等車はひどく混んでおり、各駅停車で入れ替わる乗客たちの方言が九州とはまったく違うこと、その人たちが私をじろじろみること、向かい合わせに窮屈そうに腰かけている英信の視線がまぶしいこと、膝が触れそうになること、それやこれやの緊張で胸が切なくなってくる。そんな私の気持が通じたのか彼は自分の荷物の中から一冊の本をとりだして「読んでごらん」と言いながら渡してくれた。それは大山澄太著の『俳人山頭火』であった。私はこの時はじめて種田山頭火の名前を知ったのである。用意周到な英信はこれから行く山口にゆかりの深い俳人のことを私に話して聞かせようと思ってこの本を持ってきたのであろう。おかげで私は俯いて本を読むことで混み合う汽車の中の憂鬱からのがれることができた。

この特異な俳人の作品はたちまち私をとらえた。旅から帰ると私はさっそくノートに書き写して当分山頭火に浸りきりになった。私は結婚はしたものの、一緒に暮らせる目処さえついていないことを思い悩んでいたのだが、山頭火の煩悩に比べれば大したことではないように思われた。そして英信の中にも山頭火的な暗闇がひそんでいることを考えて私は少し不安な気持になった。

四十年前の山口はまだ観光化もされず、二月は旅行者も少ない静かな町であった。英信は勝手知った通りをずんずん歩いて、古めかしい茶店でお汁粉をたべさせてくれた。彼ももちろん一緒にたべたのだけれど今話しても誰も信じない。彼は寒さなどまるで感じないふうで、西の京といわれる山口の伝統を語りながら、一ヶ所でも多く私にみせようとして古寺や庭園を歩きまわった。私は疲れて無口になりながら、最後にサビエル聖堂にたどりついた時は正直言って心の底からほっとした。

年を経た木立に囲まれてどっしりと建つ古典的な教会の広い階段を登って入る会堂では、その日レコードコンサートが開かれていて、数十人の若い人たちが熱心に耳を傾けていた。私たちも寄り添って長いベンチの端に腰をおろした。曲はモーツァルトだっただろうか、快いピアノの旋律にうっとりとして、いつのまにか私は少し眠ったように思う。

英信に促されて外に出た時はもう日が傾いて、盆地の寒さは一層きびしくなっていた。足早な彼に追いつきながら、私はもう一度聖堂の方をふり返ってみた。

1994・6・12

ほのかに

物置のような私の寝室は外からみえにくい位置にあるので、寝苦しい熱帯夜には思い切って窓を開けておく。朝まだ暗い四時頃になると、夜気に十分冷やされた土の匂いのする微風がすうっと入ってきて、寝ている私の肩のあたりを包む。たとえようもない快さの中で、なつかしい人に逢うように、あの『梁塵秘抄《りようじんひしよう》』の一節を思い浮かべる。

佛は常にいませども
現ならぬぞあはれなる
人の音せぬ暁に
ほのかに夢に見え給ふ

ほんとにそれははかないまぼろしのようなものであるけれども、自分がいまここにいる不思議さを実感できるひとときが、私に今日一日の希望を与えてくれる。

英信も朝の早い人だった。前夜遅くまで客を相手に飲み、語り、時には口論までして、さんざん消耗しているにもかかわらず、起きる時間は殆ど変らなかった。

ブラジルへ同行したカメラマンの話によると、尋ね探してたどりついた奥地の元炭坑労働者の家々で、深夜まで熱烈な交歓を尽くした後、やっと休息の時間がおとずれると、どんなに疲れていても必ずノートを開いて、その日の経験を書き込むのを一日も怠らなかったという。日本では考えられないほどの長距離を移動して、行く先々で強烈な地酒や不馴れな食物に出会って体調が狂う運転手兼カメラマンのMさんは、ほとほと感心して「とてもあの真似はできません」と嘆いていた。

私も英信がいったいいつ眠るのかいぶかしく思うことはしばしばだった。「死ねばいくらでも寝られるのだ。生きてるうちは時間を大切に使え」と私もよく言われた。生まれつき弱虫の私が、少しの寝不足でも顔に表れて能率が上がらなくなるのが彼にははがゆくてならない。

「青い顔して、その額のシワは何だ」

「ゆうべくよく眠れなくて」

「なさけない！」

と切って捨てる。私が寝込むと彼はいよいよ不機嫌になってぷいとどこかへでかけてしまうのだった。私がみごもった時、母が心配のあまり理不尽にも彼を責めたということを長い間恨んで非難の材料にした。「フン、あんなに心配したくせに。孫ができたとたんに夢中になって――。いい気なもんだ！」

私の母は母で英信に対する警戒心が最後まで消えず、「あの人がえらいということはわかっています。でも――」といって煙たがっていた。母は娘が無理ばかりさせられるのが見ていられず、日頃我儘な娘がそれを苦にもせず従っているのが更にいまいましいのであった。


死別して以来、思いだすことの多くが、楽しかったことよりも苦しかったことの方へ片寄るのは心が澱んでいる証拠だと思って私はずっと悩んできた。夢も苦しい夢ばかりだった。けれども最近、夢の世界にもようやく変化が現れている。私の心の瘡蓋《かさぶた》が乾きはじめたのではないかと思う。近ごろの夢は次のようなものである。

二人の青年に向かって英信が静かに熱心に何ごとか話している。青年たちはかしこまって坐っているが時々窮屈そうに身じろぎをする。私が端の方で盗み聞きをしてみると話は道元の「只管打坐《しかんたざ》」についてであった。「もうすこしやさしく話せばいいのに。でも英信さんは誰に対しても難しいことをいう人だから仕方がないなあ、あとで質問してみようか」と思ったところで夢は途切れた。

「只管打坐」の解説は枕もとのラジオから聞こえてきたものと夢とが重なって私に錯覚を起こさせたのだが、私はあの声を英信の声だったと信じて夢の続きを待っている。

1994・7・31

「筑豊よ」

長い残暑が続いていた九月のある夜、土間の暗がりに降りて数歩も歩かないうち、ビニールのサンダルをつっかけた素足の裏に、何かを踏みつけた感触があった。小さな乾いた音がしたので私は、高窓から吹きこんだ桜の落葉かと一瞬思ったが、それにしては足の裏がもっと厚みを感じていた。あかりをつけてみると、なんとそれは一匹の大きな蜘蛛で、十本の脚はちぢんでかたまり、丁度ウニを押しつぶしたような形になっている。爪先で触ってもまったく動かない。私は驚くと同時にやりきれない気持になって、ぶつぶつ文句を言いながら不運な蜘蛛を憐れんだ。夜のうちに蟻がたかるかもしれないと思ったが、蜘蛛の死骸を土間の隅に片寄せたまま私は寝室へ引き返した。

こんな些細な出来事で眠れなくなった頭はまたしても亡き夫の最後の日々を思い出し、

わびしい夜を一層わびしくしてしまった。

英信が自分の死を予感したのは、私が想像するよりももっと早い時期だったかもしれない。後に彼の遺言として活字にもなった短いメッセージは九月十一日に書かれているが、字は子どものそれのように不揃いながらまだ彼の書体が残っている。

筑豊よ
日本を根底から
変革する、エネルギーの
ルツボであれ
火床であれ
上野英信

と五行に書いている。八センチと十四センチ角の薄いメモ帳の一片だった。

食道から一旦消えたかにみえたガンが脳に転移したことを私が知ったのはその前夜である。三月前の「奇蹟的な回復」という断定を過大に信じた私は、八月下旬の再入院後、日毎に現れる新しい症状を一度もガンと結びつけて考えなかった。

人気のない病院のロビーで、医師は私の楽観と推測とを一つずつ否定する形で真相を告げられた。私は病人の頭痛や歩行困難や知覚の麻痺がどうして起こるのか、自分が知る限りの病名をあてはめて質問したのである。文人肌の心優しいこの医師は、少年時代から英信を兄とも師とも慕ってきた人で、専門家であるだけにためらいもあったのだろう。私の性急な問いに押されて、已むなく不本意なことを告げるようなその口調は重かった。この医師の脳裏には今後の推移がはっきりと描かれていたにちがいない。

私と医師の問答を病室にいる英信が知る筈もないけれど、その翌日に彼は不自由な手を動かして鉛筆を持ち「筑豊よ」を書いたのであった。冷静な彼は、言葉を択ぶ力も字を書く力ももはや戻ってこないことを自覚したのだろう。短い字句の中に彼の最後の気力と信念を見ることができる。彼はこの日以後ひと月ばかりは尚ものを言うことができた。でも字を書くことはもうなかった。書こうとしても字にならなかった。

「筑豊よ」のメモ紙の裏には一週間前に私の字で杜甫の「日暮」という詩の一節が記されていた。私たちは日頃から、良い詩句などをみつけると居間の大きな黒板に書いて見せ合う癖があった。筑豊文庫開設時に友人から贈られた大型の黒板は、朔日から月末までの数字の下に毎月、曜日を書きかえて、必要事項を記すのが英信の役目であった。客の名、行動予定、原稿締切日や覚え書き等で板面はすぐに埋まってしまう。彼はペンと同様にチョークも強く押しつけて楷書できちんと書いた。彼の手でチョークはよく折れた。そして黒板の空いた所には銘々が勝手な落書きをして遊んだ。杜甫の詩も英信が家にいれば黒板に書くところだが、私がこの詩を知ったのは入院後だったので、枕元のメモ帳に書いて見せたのである。

石泉暗壁を流れ　草露は秋根に滴る

死に向かう人とも思わずこんな寂しい詩を見せたのは心ない仕業だったと今でも後悔が消えない。

重苦しい一夜が明けて再び土間に降りてみると、片寄せておいた蜘蛛の死骸がみえなくなっていた。どこにもない。蜘蛛は生き返ってくれたのだ。私の胸にも朝の光がさしこんできた。

1994・10・23

川原さん

宮崎で土呂久鉱毒事件の記録を続けている川原一之さんが、この秋できたばかりの『土呂久羅漢』という本を携えて筑豊を訪ねてみえた。十三年かけてようやく完成したこの作品を、真っ先に英信の霊前に供えて報告するためである。そのひたむきな一点の翳《かげ》りもない面差しをみていると、かすかな責任感のようなものが私の心をよぎる。上野はこの人の人生の方向指示器ではなかったのかと。上野英信の志を最も純粋な形で継承し、上野英信の歩いた道を、最も真摯な態度で辿ろうとしているこの人に終生つきまとう苦しみの深さを考える。

川原さんが大学を出て朝日新聞の記者となり、初任地の宮崎で土呂久と出会ったことは上野が筑豊と出会ったこととひとしく運命としかいいようがない。六年半の記者生活を未練もなく捨てて彼は土呂久の記録者となった。

七年前の九月末に、英信は病床から急に、川原さんを呼ぶようにと私に命じた。自分が『眉屋私記』の続編を書くために用意しておいた資金を、そっくり彼にあげたいのだという。麻痺しはじめた舌でゆっくりと彼は言った。「オトコガ、シゴトヲ、シタイトキニ、カネガ、ナイホド、ツライ、コトハナイ」

病院にかけつけてみえた川原夫妻は、一変した英信の姿に声も出ず、奥さんの由紀子さんは枕もとに近寄ることさえ憚って、病室の入口に立ち竦んだままであった。

英信の期待に添う覚悟のほどを訥々《とつとつ》と述べながら川原さんの声はたびたび途切れた。二回りも齢の差がある二人の友のこれが最後の対面となった。

あれから七年過ぎて念願の『土呂久羅漢』は完成し、いま私の前にある。ノミの代りにペンを持って川原さんが彫りあげた八人の患者さんの像は、彼の人柄のように豊かで美しい。英信との約束を見事に果たした川原さんのただ一つの違反はあのお金を手も付けずに返されたことである。英信と最後の対面をして宮崎に戻るや否や、彼は私名義の貯金通帳を作って全額入れてしまった。私が冥土へ行った時、もし英信から聞かれて「あれはあなたの借金返済のほうへまわりました」と答えればどんなに驚くことだろう。私はまた叱られる。英信の仕事のための借金を、やっとの思いで完済できたのはそれから四年後のことだった。こんな台所の事情を川原さんはご存じだったのかもしれない。

裁判所勤めの由紀子さんが書記官に昇進して福岡に転勤になったので、彼は目下宮崎で一人暮らしである。『土呂久羅漢』の印税を現物で受け取った彼は「この一冊でぼくの一日分の生活費が出ます」と屈託がない。私は仏壇の脇に広告を吊るして宣伝にこれつとめているところである。英信ほど頑丈でない彼の健康が無事に保たれることだけを祈りながら。

1994・11・27

食べごと

英信は食べ物についてなかなかうるさい人であった。私は三度の食事が無事に終った日はほっとして胸をなでおろす思いをしたものである。何がどううるさいのか。彼が格別の食通で贅沢であったわけではない。いわば心のこもり具合を計るという類のうるささである。どんなに貧しい食卓にも、それを調《ととの》えた者の工夫と誠意がみえなければ許さぬという気配があった。他所で御馳走になる機会も多いので、どこそこの奥さんの料理はこうであったとか、どの店の何がおいしかったとか言って私にも作らせる。うまくいけばよいが失敗すればあわれなもの。失敗するということは不誠実の証になる。

山口県の田舎から英信の母が来て滞在していた頃、私は恐る恐る尋ねてみた。「御長男ですからきっと特別扱いなさったのでしょうね」と。「いいえそんなことはないよ。うちのような貧乏所帯でどうしてそんなことができますか。晴子さん、あんたがあれをそんなふうにしてしもうたのよ」と母は笑いながら答えた。後に妹にたしかめたら、「はい、兄はやっぱり特別扱いでした」という。良い物は何でもまっ先に手にいれる特権を許していたのはおばあさんだったそうである。

私が育った家では、男が台所に口を出すのは見苦しいこととされていたので、育ち盛りの弟たちでも食事のことでとやかく言うことはなかった。ところが英信はいちいち鍋の中まで指図をする。所帯を持ち始めの頃、「きみの家では野菜を煮るのに砂糖を入れるのか！」と咎められた。私は後悔と同時に「きみは」と言えばすむことではないかと胸の内で反撥した。

筑豊文庫を開いてからは、日に日に増える来客の食事の支度に体力と気力の殆どを費やした。ヤマが潰れた後も細々とあけている商店の品数は驚くほど少ない。購買力が低いので、多く仕入れることができないのである。町の中心にある肉屋から自転車にのせて卸してくる肉は、売れ残りのような粗悪品で、百グラムずつ竹の皮に包んであった。生活保護所帯の隣人たちはその一つさえ毎日は買えずにいる。私は客のために、その竹の皮包みを一どきに三つも四つも買わねばならない。小心な私は気がひけて、なるべく人のいない時刻をねらって店に入るようにしていた。

英信は酒でのぼせてくると、どういうわけか大勢の食事中に私へのお説教を始める癖があった。それも調味料の一つと思っていたふしがある。初めての客はおどろいて、気の毒そうに私を見るが、血気盛んな常連の若者たちは腹の中でよろこんでけしかけている。初めての客はとうとう聞く。「いったい上野さんは何がお好きなのですか?」と。私は「ここにないものが好きでございます」と答えるしかなかった。

或る時、山本周五郎の最後の秘書だった若い女性がしばらく滞在されたことがある。いかにも良家のお嬢さんらしい清楚な人だったが、岡村昭彦さんとの恋愛問題に悩んで、当時昭彦さんが〝兄貴〟と呼んでいた英信に相談に来られたのであった。私たちは打ちとけて、高名な山本曲軒先生の素顔を伺うという思いがけない時間が持てた。

周五郎さんは横浜の市内で、妻子と別の仕事場に住んでおられたが、奥さんはバスで幾駅も隔たった自宅から、岡持を提げて夕食を運ぶのが日課だったということ。根っからの美食家で、月々料理の本までとりよせて研究していらっしゃる周五郎先生の御注文を叶えるために、材料が揃わない時には東京の千疋屋までも買い出しに行かれるのだそうだ。横浜でも間に合わないことがあるのかと私はびっくりしてしまった。

こんな話を聞くと英信は見境もなく羨ましがり、追々面倒なことになってくるのだが、或る日見かねた近所の朝鮮人のオモニから、「センセイ、えらそうにつべこべ言わんで、はよ、さっさと食べてしまいなさい！」と一喝されてしまった。

あのオモニももういない。

1995・2・5

裏切り

英信が亡くなる何年前くらいだったか忘れたけれども「君も最後には僕を裏切るだろう」と真面目な顔をして言ったことがある。私はこれが自分の妻に向かって言う言葉かと怪しんで、心中おだやかではなかった。けれど、よく考えてみるとそれはあたっているかもしれない。現にいま私が、思いだすままに彼のことを書いているこのこと自体一種の裏切り行為である。彼は私が書くことをけっしてよろこびはしないのだから。

彼の根強い女性不信の源がどこに発しているかをさぐってゆくと、京都の大学時代につきあたる。そこで彼は一人の女性にめぐりあった。敗戦後、女子学生の数がまだ少なかった時期に、才色抜きん出たその人はひときわ輝く存在だったらしい。昼休みともなれば、芝生の上に彼女を取り囲んで男たちの円陣ができたという。そんな輩には目もくれず彼女は彼に接近し彼もまた魅せられた。しかし、二人をあたためた幸福な時間はそれほど長くはなかったと思われる。英信が京都大学にいたのは僅か一年半に過ぎない。しかも郷里には、父が選んだ婚約者が彼の帰りを待っていた。裕福なその一家の協力によって彼の学生生活も保障されていたのである。彼がひそかに出奔を企てたのは、思想的転機の上にこの婚約問題が重圧となったからであり、婚約者に対してあきらかな裏切りであった。父の怒りは手がつけられないほど烈しかったという。自慢の種であった息子は勘当されて、人々の前から姿を消した。後年、私を連れて帰郷した際にも、狭い町なかに彼が面をあげては通れない路地があった。

京都の女性は、英信が周囲の期待に応えて学問をつづけるならばどこまでも一緒に歩む。けれども、一切をなげうって炭坑へまでついてゆく勇気はない、と正直に告げて去っていった。彼女は自分の研究をつづけて立派な学者になられたときく。その氏名を知らぬ私は、彼女が寄寓していたという寺院の名に因んで「曼殊院の君」と呼んでいる。

英信の遺品に、郷里の婚約者をはじめその後の恋人たちの写真が幾葉もある中に、かの君の姿だけはない。それゆえにかえって私は彼の心を知るのである。

1995・3・12

三十七年前

二月のはじめ、谷川雁さんの訃報届く。享年七十一。谷川雁と上野英信は共に一九二三年、関東大震災の年に生まれた。曾ては志を同じくして固く結び合った二人の友情に、越えようもない深い溝ができて以来、二度と会う機会もなかったけれど、「サークル村」の初期の時代に一緒に暮らした思い出は、いまも色あせず私の中にある。それは当時の私の平凡な感性そのままにいとも単調な日常的な思い出に過ぎないけれど、若き日の雁さんの素顔としてくっきりと焼き付けられている。素人のスナップ写真にも似てまとまりのないそれらの映像の中で、特にあざやかに目に浮かぶのは、雁さんと森崎和江さんをはじめてわが家に迎えた日の光景である。

玄関ともいえない狭い入り口の、土間と台所のしきりに掛けた短いのれんを片手ではねて、雁さんの顔がぬっと入ってきた。そして一瞬のうちに私と家の中のすべては見られてしまった。にこりともしない切れ長の鋭い目と高い鼻、一文字にひきむすばれた口元、黒々と光る豊かな髪、ちょっととりつきにくい雰囲気の雁氏の傍らで、小柄な和江さんの美しさは透き通るばかりだった。初夏にふさわしく彼女は薄紫のスミレ色のツーピースを着て、家の側の鉄道の枕木を踏む足取りも跳ねるように軽かった。二人の子どもの母親とはとても思えないほどたおやかで、どこかまだ女学生風でもあり、それでいてほのかな色気が同性の私にも感じられた。ああ、こんなきれいな人とこれから隣同士で暮らすのかと思うと私は誇らしいようなときめきをおぼえた。雁さんと和江さんが、どのようないきさつを経てこの日を迎えられたか私は殆ど知らなかった。二人の新しい生活がここから始まるのだということ、それは私などの常識では計りきれない夫婦の形であろうことを漠然と察してはいた。

それにしても奇妙な間取りの家であった。家主は別々だが元来は一軒の家だったと思われる古ぼけた平屋の前半分に、一年余り前から住んでいた私たちは、裏の住人が出たあとを雁さんたちにすすめたのである。筑豊といえばもっと奥の田川あたりに関心があった雁さんも、英信の説得でようやくここに落ち着かれることになった。

「サークル村」の準備は雁さんと和江さんと英信を中心にして着々と進んだ。それまで私たち親子三人がひっそり暮らしていた家は「九州サークル研究会」の看板を掲げ、日を逐うて人の出入りが繁くなった。おのずから役割がきまって、事務の一切を英信が受け持った。一口百円の会費が入るたびに、帳簿を三冊も四冊もひろげて丹念に書き込んでいる英信を見ながら、私は炊事ばかりしていたような気がする。皆に混じって議論をしたり提案をしたりする能力は私にはまったくなかったし、白状すれば、何が行われているかすら充分理解できないほど私は幼稚だったのである。或る時雁さんは私に向かってこう言われた。「いいですか晴子さん、ぼくたちがじっとしていても二十年後には革命がくる。しかしわれわれは、そんな悠長なことを言ってはおられないのです!」。私がよほど間抜けな質問をしたのだろう、叱りつけるような勢いだった。

夜昼なく入れかわり立ちかわり若い人々が集まって、熱気が渦巻いていた「サークル村」の拠点、中間市本町六丁目の板壁の家。あの騒々しさの中で雁さんも英信もよく原稿が書けたものだと思う。雁さんの字はほれぼれするほど綺麗だった。原稿を書き上げるや否や雁さんは和江さんを呼び立てて、和江さんが入浴中なら風呂場の前で、炊事中なら鍋の前で、弁慶の勧進帳よろしく読み上げられるのだった。私たち夫婦が、味噌汁がぬるいとか漬物がまずいとかつまらぬことで口争いをしている最中に、一方では思想や芸術が論じられている。詩人夫婦の間には俗を離れた高尚な空気が流れていた。

英信が「サークル村」の事務局を去って福岡に移ったのは一年後の夏である。それより早く私が祖母の病気で実家へ呼び寄せられた後を追う形となった。彼自身も体調をくずしていた。夏になると悪化する原爆症である。しかし、「サークル村」の編集会議にはその都度中間へ通って出席した。

その年の十一月、英信の初期の作品「せんぷりせんじが笑った！」他数編の絵ばなしが『親と子の夜』のタイトルで未来社から刊行された。「上野さんの『親と子の夜』の企画を未来社に持って来たのは、谷川雁さんである」と編集者の松本昌次氏がその著『戦後文学と編集者』の中に書いておられる。「上野英信のこの本を出版しないような出版社は出版社じゃない」と雁さんは一流の言い方で「半ば脅迫的に」すすめられたという。

更にその翌年の一九六〇年八月に英信の『追われゆく坑夫たち』が出た時、雁さんはいちはやく「サークル村」の仲間に呼びかけて出版記念会を開いて下さっている。

このように互いに認め合っていた二人の間に何時から反目が生じたのだろうか。何か決定的な出来事があった筈である。

雁さんが実質的な指導者であった大正行動隊の闘争を、英信が「雁さんのお遊び」だと評したということが事実ならばやはり許しがたいことであろう。胆力に於ても知力に於てもひけをとらぬ二人の男は、真正面から対決すべきであったのに、周辺からきこえてくる断片的な情報にのみ反応して不信を増幅させていったようにみえる。誰か確証を握っている人がいていずれ解明されるだろう。

雁さん、静かにお休みください。昔あなたはおっしゃいました。「ぼくは長生きはしたくない。年をとって鈍くなってまで生きていようとは思わない」と。その言葉どおり潮時を計ってあなたはいさぎよく旅立たれたのでしょう。幼い日に亡くなられた坊やの所へ。「一本の野の花にも心を寄せる子だった」と語られたあなたの涙を私は忘れません。あれから三十七年経ちました。

１９９５・４・９

古い手帳

田舎で気儘に暮らしている私の上に、この春から思いがけない変化が生じた。実家の母の介護のために福岡に来てはや半年にもなろうとしている。まもなく九十二歳になる母は長年妹夫婦といっしょに住んでいるが、その妹が足の骨折で入院してしまった。母は年齢相応に痴呆が進み、殆ど寝たきりなので介護者なしには一日も過ごせない。耳の遠い親と子が大声で同じ問答をくりかえしているさまは、傍からみればうんざりする光景である。妹が三月半ぶりに退院した日から私の負担も半減したけれど、去年に劣らず猛暑がつづいたひと夏をなんとか乗り切ることができたのは天の助けかと思う。

それにしても、町なかのビルの三階という住居はなんと味気ないものか。夜が更けて、周辺の窓の灯や、木立をすかしてみえる大通りの信号の明滅をベランダに立って眺めていると、老人の孤独感は一層深くなってくる。

そんな時、はるか遠くに浮かぶなつかしい光がある。これまでにも私のつらい時や淋しい時にこの光はちかちかと瞬いて気持を引きたててくれた。英信といっしょにいて、もう堪えられないと思う日にもこの光は遠くにあった。それは、二人ではじめて歩いた夜の公園の記憶である。戦後十年過ぎの東公園はまだ整備もされずあちらこちらに雑草が枯れていた。雪でも降りそうな寒い夜だったが、日蓮銅像の前のガラスで囲われた灯明台には、たくさんの蠟燭が幾段にもともされてちらちらとゆれていた。人影は殆どなく、しかし銅像のたもとには人待ち顔の屋台があって、お湯の中に一合ビンの牛乳があたたまっていた。私たちはそれを一本ずつ飲んでまた歩いた。公園の一隅の葉を落とした藤棚の下は、月の光がレース模様のような美しい影を地面に作って踏むのも惜しい気がした。

蠟燭と牛乳と藤棚の影と、ただそれだけの思い出である。

このたび福岡へ出てくるにあたって、妹の入院がそれほど長引くとは思わずに、私は少しの衣類と少しの本しか持ってこなかったが、その中にふと思いついて英信の古い手帳を入れてきた。私たちが逢っていた頃、彼がいつもポケットに入れていた手帳である。昔彼が働いた炭坑会社発行の手帳で、紺の布表紙に社章が型押しされている。色あせた角はすりへってページも汚れ所々抜けている。

これをみつけだした時から、いつか読んでみようと思いながら延ばしていたが、母がおとなしく眠っている午後思いきってひらいてみた。

鉛筆書きの読みにくい小さな字が縦書き横書きとりまぜてびっしりとつらなっている。大方は党活動の記録と聞き書きの類で、聞き書きの中には、坑内唄をはじめとして、木挽き、船歌、土方、トビなどさまざまな職種の仕事唄が書き留めてある。田打ち唄、子守唄、臼すり唄などの字もみえる。その他、お金の出し入れ、知人の住所などごたごたと隙間もなく詰めこんで書いているかと思えば何枚も空白のページがつづく。やがて急に大きな字が出てきた。

昭和31年1月20日　午后3・57分博多着。晴子とすしをたべ、東公園を歩く。ジェット機の爆音と飛ぶ灯。火災の半鐘、消防車のサイレン。日蓮銅像前の60本ちかい蠟燭の美しさ。8・30分の上り汽車で別れる。「六全協決議集10部を買ってきてもらう。書店で呉運○の『すべてを党に』を買う。ヒクメットの『妻へ』について語りあう」

西の空に半月。武徳殿まえの藤棚のかげがカスリ模様に映っている。

前後した記述と乱暴な字が私の記憶違いを訂正した。私の中ではあの寒い日が十二月になっていた。本のことなど少しもおぼえていない。

大きな字がはみだしそうなこの一ページが抜け落ちなかったことを私はとてもありがたく思った。

1995・9・10

帰　心

季節は秋たけなわの光り輝く大気の中で私の視界だけは妙に暗い。この半年、マンションの三階という環境に住んで、とうとう馴れることのできなかった自分が、移植のきかない老化植物だということをいやというほど思い知らされて、すっかり意気消沈してしまった。来た当座はこのままここに居ついてもいいとさえ思って、自分の机を置く場所など思案したものだったが、それはおめでたい空想だった。骨折で入院した妹に代わって、母の介護と妹婿の世話をした半年の、それも実質は三ヶ月に過ぎない労力がとりたてていうほどのものでもないのに、こんなにこたえたのは私の力の使い方が下手だった証拠でもある。順調に回復した妹が日に日に活気付いてくるのに対して、私のほうは日に日にエネルギーが尽きつつある。

今は一日も早く田舎に帰って、落葉に埋もれた土の匂いを嗅ぎ、竹の葉末に光る露の玉にさわりたい。数日前、郊外の叔母の家で、庭に鳴くキジバトの声をきいて以来、その思いは抑えがたいほど強くなった。

人間も動物も衰えれば最後には古巣へ戻りたくなるのが自然であろう。先年ブラジルから帰郷した一老婦人が「この気持は年をとってみなければわかりません」と話しておられたのを思い出す。若くしてブラジルへ渡り、結婚し、事業にも成功した後、夫と死別した人だった。しかし郷里の実家では、九十歳の老母以外、誰一人として彼女の帰国をよろこばなかった。彼女は伝を求めて上京し、病院の付添婦となって自活を始めたが、日本語もたどたどしい身でどんなに苦労が多いことだろう。英信の死後、消息も間遠になったけれど折にふれて思い出す。

英信も、病院で意識を失う寸前しきりに家へ帰りたがった。けれども到底連れて帰られる状態ではなかったので私は途方にくれてしまった。

英信が入っている内科病棟の婦長さんは、中年の織田さんというほっそりした慎み深い感じの方であった。彼女は英信のベッドの縁に近々と身を寄せて、上体は殆ど病人に添い寝をするような姿勢で、彼の耳もとに口をつけてゆっくりと話しかけられた。

「先生、お帰りになりたいお気持はわかりますけど、今はとても大切なときでございます。どうかしばらくご辛抱なさいますように——」

「ワカリマシタ」

彼は二度と同じ要求をしなかった。

織田さんは現在、病院の総婦長になっていらっしゃる。

看護婦さんの仕事がどんなにハードなものか、一度でも入院したことのある者はよく知っている。英信は私にこそいろいろ世話をやかせたが、そして私が看護婦のように手際よくできないのを舌打ちして罵ったが、ひとたび看護婦の前では羊のように従順だった。私がいない時、どんなに苦しくても、して欲しいことがあっても、枕もとのナースコールを押そうとはしなかった。或る朝など、床に倒してしまった溲瓶《しびん》を、一人で這いずりまわって始末したらしい跡が残っていた。「お呼びになればよかったのに」というと「看護婦は忙しいんだ」と一言。でも表面は同じように接していても彼には心の中で看護婦さんの好き嫌いがあった。美人で才気のある、職業的自信に満ちた有能な人を彼はあまり好まなかった。

吉田さんというふくよかな、動作もあまり機敏ではないが、心の温かさが全身に表れているような若い看護婦さんが時々注射をしにみえた。「吉田さんはいいですねぇ」。私がいうと「ウン、しかし指が短い」と即座に応じた。麻痺している五官の、どこでそんなことがわかるのかと呆れる思いで私は、自分の中身もすっかり見透かされているにちがいないと寒気を覚えた。

昭和天皇の末期の病状が毎日詳細に報道されている時期であった。自らを「天皇制の業《ごう》担《か》き」と位置付けて、ペン一本で終生闘いつづけた英信の死顔は水のように澄んでいた。八年後の同じ季節、私は皺だらけの心と体をひきずって彼が遺した古巣へ戻る。

1995・10・22

私の大切なもの

私の大切なものといえば、まず台所の御飯炊き釜をとりあげよう。底のたいらな、なんの変哲もないアルミの八合炊きの釜である。所帯をもったとき私たち夫婦は、どうにもならぬ貧乏だったが、親切な友達や身内の者からもらい集めたとりどりの雑器で、けっこうその日その日がこと足りた。その中でこの釜だけは、友人の金物屋さんからわけてもらったぴかぴかの新品であった。以来十五年、そもいかほどの量のお米をこれは炊きつづけたことであろう。今はもう古びてしまって、把手の耳は両方ともなくなり、蓋もなんだかいびつになって、ぴったりとかみ合わないところができる。

月に一度、プロパンガスのボンベをとりかえにくるガス屋の若い衆が、あるとき色もあざやかなカタログをとりだして、合理的な炊飯器の数々を説明してくれたことがあった。

私はほとほと感心しながらもついに買いかえる気にならず、「うちのはまだ使えるし、不便を感じないんですもの」などというものだからガス屋さんもあきらめて「おくさん変ってありますなあ」と笑いながら帰っていった。私は御飯くらい自分の力で炊きたいし、「三度炊く飯さえかたし、やわらかし」などと古い文句をとなえながら、これも昔風のお櫃に移すのである。

筑豊の閉山跡に住みついて七年過ぎた。夫がものを書く職業なので、家庭は即仕事場である。それぞれに個性的な印象をとどめて去る多くの来訪者の中でとりわけ忘れがたいのは、昨年の十一月末、はるばる筑豊をたずねてきた三里塚の空港反対同盟の青年たちのことである。父や祖父の代から、営々として築き培ってきたかけがえのないわが土地が、新空港建設という大義名分のために奪われようとするいま、あらゆる戦法を駆使して権力とわたり合いつつ、必死の抵抗をつづけているこの若者たちは、もしギターでも抱けばいかにもそれがよく似合いそうな、やさしい遠慮ぶかい青年たちであった。彼らは一度も観念的な言葉を使わず、今年の作物のでき具合や、落花生の種を播く時の、おふくろさんの手つきのたしかさや、三里塚の風景の美しさについて語った。

滞在中一夜招かれて、近郊の青年たちの集会にでかけた彼らは、主催者側がみな酔いつぶれてしまったために予定の宿泊ができず、師走間近の寒い夜更けを再び私の家へ戻ってきたが、疲れたような様子もみせず、にこにことおだやかだった。

口を開けば連帯を主張しながら、遠来の仲間のただ一夜の宿にさえ責任をもてぬ近郊の青年たちのふがいなさが、わが子の失態をみるようにはずかしい。夜半の台所で、甘く温かい御飯の匂いとともに釜の蓋がカタカタ動きだす、その親しい音をききながら私の心は沈んでいた。闘う人々を、このような形でしか励ますすべのない自分自身のもどかしさ。けれども、この小さな力をつくすことだけが、自分もともにありたいとねがう彼らに向けて、私がかけ渡すただひとすじの糸のように思えるのであった。さびしいことであるけれども。

（1971・3・21「西日本新聞」より転載）

友情に支えられた上野

一九八七年十一月、夫上野英信（鋭之進）の告別式に、建国大学時代の友人代表として弔辞をお読み下さったのは同期の溝上登茂喜氏である。無量の思いがこもる氏の静かな声を聞きながら、ああ、この方は私よりもずっと長い時間を英信とともに生きておられるのだ、という感慨が私の心を浸した。弔辞を巻きおさめて祭壇に置くと、氏は両の踵《かかと》をかっちりと合わせて一礼の後、向き直って段を降りてゆかれた。すでに円熟の境にある老紳士のつつしみ深い立ち居の上に、若き学徒兵のおもかげを重ね、私は喪主の座にいる現実の緊張を忘れて、しばし呆然と遠くへ思いを馳せていた。

大正十二年生まれの上野が時代の要請の赴くままに、何の疑いもなく軍国少年として成長していったと同様に、三歳年少の私もまたそのように教育されて少女時代を過ごした者である。

私の周囲には満洲の建国大学へ行った者がいなかったので、上野と結婚するまでその大学については何も知らなかった。内地の高等学校入学者にもまして、心身ともにいかに優秀な人材が選ばれたかということも、彼の友人たちを見て初めて知り得たことである。建大の合格通知が届いた日の兄の上機嫌ぶりを、妹たちは今も語り草にして懐かしんでいる。けれども、満洲に骨を埋める覚悟で出立する長男を見送る親の気持は複雑であったろう。

建国大学に入った彼がまず見たもの、感じたものは何であったのか、断片的な追憶は幾つか聞いたけれども、本質的な部分を私はとうとう聞けずに終った。ただ、それまでの彼を支えていた日本という島国の伝統的な価値観が根底からゆらいだであろうこと、国家や民族について、あらためて真剣に思い悩んだであろうことを私なりに察することができる。戦後の彼の生き方を決定したともいえる広島での被爆体験についても自ら語ることは殆どなかった。あまりにも重い経験は伝達の意志を閉ざしてしまうものだろうか。語れば却って部分的にしか伝わらぬ空しさを恐れたためだろうか。最も身近にいた私も触れることを避けて過ごしてしまった。

上野が私の前に現れたのは戦後八、九年のころである。今思うと恥ずかしくなるけれど、当時親しい若者の多くは革命を夢見て希望と不安の只中にいた。私もその一人であった。夜おそくまで学習会を開いたり、ビラを張ってまわったりした。上野は炭坑をクビになって定まったねぐらもなく、筑豊の仲間たちに養われながら炭坑労働者の文学運動に取り組んでいた。しかもしばしば襲ってくる原爆症のために苦しんでいた。

常人とはどこか異なるおもむきのあるこの男に私が無関心でいられないことを知った母は「困ったことになった」と思ったという。彼はいとも簡単に、仲間たちの意見でもあるとして、私にさっさと家を出てくるように命じた。けれども私の実家はごく一般的な平凡な家庭である。父は早世したが明治元年生まれの祖父がなお健在であった。ある日突然孫娘が姿を消せば、その母親が責められることは目に見えている。「一応きちんとお申し込みを」と母は頼んだ。

こんなことになると全くといってよいほど無知だった上野は、福岡で日頃からお世話になっている同期の藤原良造さんに相談したものと思われる。藤原さんはすでに家庭をお持ちだったし、お父さまは見るからに商都博多の町衆の貫禄を備えた闊達なお人柄だったから、過不足のない手続き上の知恵をお授け下さったのであろう。その藤原さんと当時福岡にご在勤の木村博典さんとに付き添われて上野は正式に私の家へやってきた。

官尊民卑の気風の抜けぬ私の祖父は、木村さんの「検事」という肩書にたちまち惚れ込んで、まるで私が検事その人に嫁ぎでもするかのように「検事は良い」を連発した。上野はさながら他人のキップですばやく改札口を通り抜けたような按配だった。このお二人の熱い友情の支えがなかったら、私たちの結婚にはいろいろと無用な混乱が生じたことだろう。それにしても、あの時運び込まれたお酒や鯛のための出費は藤原さんのご負担によるものだろうが、思い出すたびにありがたくも申し訳なく恐縮の至りである。

この時に限らず私の知らぬところで、同窓の方々から受けて恩顧は計り知れないものがある。上野の一生の歩みの中に、一本の太い糸のように建大の人脈が浮かび上がって見えてくる。同期生はいうに及ばず、恩師、先輩、後輩、そのご家族に至るまで常に暖かい援助を惜しまれなかった。

建国大学に対する彼の思いがどのように屈折したものであろうとも、風雲急を告げる戦時下の大陸で、青春を共にして培われた友情こそはまさしく事実であり、すべてである。

現代記録文学の第一人者としてみとめられながら、まことに孤独と絶望の人であった上野英信に、友情にまさる贈り物があろうか。

私の知るよしもない歓喜嶺。歓喜嶺とは何と美しい響きであろう。その地名が日本人によって付けられたものではなく、古くからの呼称であるということを、最近溝上さんにうかがうことができて、私はふっと心の安らぎを覚えた。

身も心もおゆだねして

私が福岡亀山栄光病院のホスピス病棟に入院したのは四月の下旬で、すでにガン末期の体がひと月も保つかどうか、自分でもあやぶむほどの状態であった。ところが思いもかけずながらえて夏を越し、はや秋を迎えようとしている。二十四床を持つ病棟の中で古顔になってしまった。

私がはじめてホスピスのことを知ったのは二十年前、弟のように親しくしていた友人によってであった。彼は国際的な報道写真家でその類まれな先見性を以て欧米のホスピスに注目し自らもその一端に参加していた。

十年前私の夫はガンで死んだ。六十四歳だった。人間の生と死について私が一歩深く考えるようになったのはそれ以来である。

亀山栄光病院にホスピス研究会ができたということを知った時、私は直ちに会員となりセミナーに通って少しずつ知識をふやしていった。後年自分がそのホスピスでお世話になることまでは考えもしなかったが、夫の死をみつめた者として私はもっと賢くなりたかった。

私の体がガンにおかされていることを知ったのは二年前の秋である。病名は原発性腹膜癌と記された。

北九州の公立病院で手術、その後抗ガン剤治療のために毎月入退院をくり返した。しかし回を重ねる毎に副作用がひどくなるので、十回の予定で始められた抗ガン剤の投与は七回で打ち切られた。不愉快きわまる治療から解放されて私は生き返る思いであった。

夫の死後、息子の家族と同居している私は金木犀の匂う庭に出て深呼吸をしたり花期長く夜毎に開く夕顔の数をかぞえたり、古い手紙の整理をしたりしながら深まってゆく秋を惜しんだ。その頃こんな歌を詠んでいる。

遠からぬガンの再発予期しつつ　今日履く靴は秋のデザイン

予期にたがわず変調は意外に早く現れた。下腹部に小さなしこりが触れ少しずつ固くなってくる。十一月の検査日に思いきって主治医に告げた。はじめて気付いてしらべた先生の説明はどこかあいまいで歯切れがわるかった。その帰り途、私の気持は一年間お世話になった病院から離れて一直線に亀山栄光病院へ向かっていた。ホスピス研究会で何度か行ったことのある栄光病院のたたずまいがこの上もなくなつかしい拠りどころとして眼前に浮かんだ。

数日後、紹介状もなしに伺った私をホスピス長の下稲葉先生はあたたかく迎えて下さった。セミナーの壇上に仰ぎみた先生である。入念な御診察であった。要所要所を押さえる先生の御質問は諦めと不安の間を行き戻りする私の神経を鎮めるに充分であった。公立病院の主治医からことづけられた診断書によって私は再発の兆しが九月からあったことも知らされた。自分にとってありがたくない情報でもすべて知りたいのは私の性格である。

診察が終って身づくろいをしている私の足元に小さなボタンがころがっているのをみつけられた先生は身をかがめて拾い上げ、私のではないかと聞かれた。そんな何気ない振舞いにも先生のお人柄はうかがわれて心が和んだ。

再発後も私の病勢はゆるやかで特に苦痛もなかったので自宅で過ごしたが、三月末から食欲が落ち、ふくらんだお腹に痛みも出てきた。四月二十二日の入院がきまり私は身のまわりのすべてのものに別れを告げた。プランターに播いた夕顔はまだ発芽していなかった。

ホスピスは私の期待に反せぬまことに快い環境であることを私は入院直後から確認し新しいベッドになじんだ。何よりもスタッフの方々の御親切が心にしみる。溢るるばかりの花で飾られたロビーのピアノや絵や熱帯魚の水槽、その水のきらめき。そこで折々に催される誕生会や歌の会。牧師先生のお話は病者の心に希望の灯をともす。車椅子で或いはベッドに横たわったままで人々は集う。幾日もたたぬうちに私は新しい友人まで得ることができた。けれども、もう一度ゆっくり語り合いたいとねがった人との次の機会は来なかった悲しみも味わわなければならなかった。

私を見舞いに来た人々はこの病院の明るいおだやかな雰囲気にたちまち魅せられて私のためによろこんでくれる。ホスピスといえば回復不能な病人の死への待合室くらいにしか認識していなかったらしい。長い患いの中で段々の苦痛を経験して最後にここに辿りついた患者の心には新しい自信が涌いてくる。自分はここで人間らしく全き生を完了することができるという希望によって。まだ若い看護婦さんたちにとってはここはその人間性をためされるきびしい職場だと察せられる。彼女たちはいつも明るく寛容であるけれども。

一般の病院にありがちの患者対医療者側の構えがなく両者は対等の平面に立ってより深

く相手を理解しようと努める。友情と信頼はこの中から深まってゆく。

ガンという病気になって私が知ったことは、これは慢性病の一種に過ぎないという平凡なことだった。けれどもけっして気の許せる病気ではない。ガンは容赦なく生命をおびやかす。このぬきさしならぬ瀬戸際に本人が自分の置かれている立場を正しく把握することなしにはたたかうことも協調することもできはしない。ゆえに私は告知は必要だと考える。私の場合は医学の知識はないけれども直感的に悟ったのでその線に沿って医師の率直な答えを引き出し得たのだと思っている。

今はただ身も心も自然にまかせ、目にみえぬ大いなる神の力を信じて新しい世界へ旅立とう。私のポケットにはホスピスの〈よきもてなし〉で頂いたお土産がぎっしりつまっている。

1997・8・20

（下稲葉康之著『いのちの質を求めて』より転載）

料理とブックカバー

ホスピスに入院してあと幾ばくも保てないガン末期の身を養っている私が、今一番したいことはお料理である。

枕元のテレビをつけて熱心に料理番組を見る。お料理というものは創意と工夫でどのようにも変化する。それを食卓に供して食べる人の反応を見る楽しみは何物にも代え難い。

作家だった亡夫は人付き合いが多かったので一年中来客の絶え間がなかった。長期の滞在人もある。夜の目も惜しんで書き物に励むその人たちの賄いは一日三食では足りない。当然お夜食が要るし、皆まだ食べ盛りといってもよいほどの若さだった。そこで私は毎日毎日台所に立って乏しい資金と材料をやりくりしながら大奮闘するのである。

雨の降る日、大勢みえた俳句会の皆さんに焼酎を出すことになり、午前中でまだ何の用意もできていなかったので薄切りの玉葱をさらして鰹節と醤油をかけ、小皿だけは綺麗なものにいれて出した。それは大宗匠から〈筑豊文庫のゲリラ料理〉と名付けられてお仲間中にしばらく流行ったそうだ。都会人は御馳走に飽きていらっしゃる。

およそ酒飲みは待つことが嫌いだ。特にわが背子は〈待ったなしの英信〉と私が呼んだほど気が急く男だった。毎朝のお茶でも彼がテーブルにつくや間をおかず目の前に置かれなければ不服だった。思った時にはもう出ていなければならない。「早よお茶くれんかい」とくる。特に酒の肴は早くなければならない。イリコでも漬け物でもピーナッツでも海苔でも、目につくものをとりあえず出す。

しかし、短時間のお酒でもいわゆるおつまみだけでは決して承知しない。必ず火を使って調理したものが求められる。お刺身などもこれはまだ料理ではなく、材料だという。だから私は二台のガスコンロをつけ放して大車輪となる。夏は汗がポタポタ落ちる。その上台所にばかり引っ込んでいると必ずお叱りが飛んでくる。お客様の間でホステスとしての役目を果たさずして主婦といえるか、失礼ではないかというわけ。私は体がいくつあればよいのやら、泣きたくなってしまう。

「いつまでたっても酒飲みの気持がわからん奴だ」と敵は怒っている。

「酒飲みの気持ってそんなに上等なものかしら」などとかりそめにもつぶやこうものなら絞首刑だ。お手討ちだ。彼一人ならばともかく来客に気まずい思いをさせないように、私は腹の虫をぐっと押さえて笑顔を作る。

延々と続いた酒宴が一段落しようという頃、突然彼はのたまう。

「そろそろにゅうめんでも食べようか」

まるで何でもが水道の蛇口から出てくるように簡単に言う。さあ、お素麺を茹でなきゃ、出汁を早く！　具は何かあるかしら、ネギをとってこなくちゃ、と私はアタマも目もまわる。時々その場に居合わせて助太刀してくれた近所のおばさんが今でも思い出してはくすくす笑いながら声色を使う。

今、つらつら考えてみると彼はあのように女房をきりきり舞いさせて楽しみながら、世間の腰抜け男どもを見返しているつもりだったのかもしれない。いろいろ癪にさわりながら最終的に私の心に浮かぶのは〈かわいそうな人〉という感懐であった。

私の料理が一度でもほめられた記憶と言えば新婚時代のカレーライスくらいのものか。でもこれは新婚という調味料が加わっているからあてにはできない。なにしろ〈結婚は腹が減る〉とさも大発見のように吹聴した人だから、極楽トンボもいいところである。

今病床で料理番組を見るにつけ、ああ私ももう少し工夫しておいしいもの、変わったものを作ってみせればよかったとつくづく思う。当時は一生懸命努力したつもりではあったけれどまだ足りなかった。

料理の次にしたいと思うのはブックカバーの製作である。子ども時代から病弱だったので寝て本を読む時間が多かった私。初めて買ってもらった『イソップ物語』の厚い布表紙が、濃い紫地に葡萄の唐草模様だったのを今も忘れない。家族の居間の片隅に寝かされてすぐ傍でおばあさんが裁縫をしていようと、母が赤ん坊にお乳を呑ませていようと、勝手口から御用聞きや女中さんの声が響いてこようとまったく意に介さず、私は本をむさぼり読んだ。少し大きくなって『小公子』や『小公女』『世界のなぞ』『心に太陽を持て』『君たちはどう生きるか』などを読んだのもやはり寝ながらだった。体の弱い長女について親たちはどんなにか心配しただろうが、私はなにも知らずひたすら本の世界に遊んでいた。

父は娘の健康に最も熱心で、庭の百日紅の木の脇に鉄棒やブランコをしつらえて日光浴をさせようとした。当時の日本は漸く軍国主義化の波が打ち寄せ、小学校でも〈我等は日本小国民〉の歌が高らかに繰り返された。遠縁の者たちの中にも〈一旗揚げる〉ために満洲へ渡る連中が出た。そんなあわただしい昭和の時代とぴったり重なりながら、少女の私は体が弱いことを除けば、否、むしろ弱いことを免罪符にして何の憂いもなく成長していった。

さて、私が美しいブックカバーを好む源はあの『イソップ物語』にあるのかもしれない。もともといたって不器用な私の手はルリユールなど高度の技術にはとても向かない。でもカバーなら努力次第ではできるかもしれないと思うとなんだか嬉しくなってくる。和紙や千代紙や木綿や麻、絹、薄いウール、化繊やニットだって充分間に合う。染めや織り方で千変万化の材料が揃う。それらを本の内容に合わせて配色よく、手芸も入れて持ち主の年齢や趣味をも考え、なるべくうすく軽く丈夫なカバーを作る。

人から借りた本にもカバーをかけて読めば汚さなくてすむし、親しい人ならそのままお返ししてもいいと思う。定規やコテや針と糸、接着剤やボール紙、木の枠、台など簡単な道具を揃えてああ、今からすぐにでも始めたい。

年老いて病床の床に伏していても、女が描くささやかな夢は羽をひろげて翔びまわる。それらはすべて、末期ガンの苦痛を取り除き全人的ケアの努力が重ねられる、ここホスピスの〈よきもてなし〉のおかげである。

1997・8・23

砦の闇のさらなる闇

川原　一之

上野晴子さんの夫、記録作家上野英信の三回忌に合わせて追悼録が刊行されることになったとき、私は編集委員会から、四百字詰め原稿用紙で百五十枚の上野英信伝を執筆するように言われた。半年の取材をかけて書きあげた「断崖に求めた文学の道―若き日の上野英信―」は、予定の枚数を五十枚近く超えながら、それでも六十四歳で閉じた人生のちょうど半分、三十二歳のところで終わっている。半年の取材と二百枚の分量では、とても書き尽くせないほど波乱に満ちた豊穣な人生を歩み去った人だったのだ。

本名、上野鋭之進。一九二三年周防灘に面した山口県吉敷郡（現・山口市）阿知須に生まれ、父が浚渫船に乗ることになって洞海湾のほとりへ移り、俊英を集めた満洲の建国大学に入学、学徒出陣で広島市宇品の軍隊にいるとき原爆を受け、戦後は京都大学を中退、家族を捨て郷里を捨てて出奔、筑豊の炭鉱の地底に下がって労働者芸術の創造を志し、閉山の嵐吹き荒れる中で、中小炭鉱を追われゆく坑夫の悲惨をルポルタージュとして刻む……。

八九年十一月に刊行された『追悼　上野英信』に、私は、鋭之進から英信へ転生していく前半生をたどったのだが、それを読み返すたびに忸怩たる思いにとらわれる。表層をなでて疾走する文章に終始して、深層に降りたち苦悩する青年の精神の軌跡にたどりつくことができなかったからである。私の記録の方法では、漆黒の胸の奥で彷徨した青春の魂のありかをとらえることができなかった。上野英信の心の闇が見えてこなかったのだ。

そのとき上野英信伝を一九五五年で打ち切ったのには、それなりの理由があった。大学時代は漢語をちりばめた長編詩、炭鉱に入ってからは労働者を鼓舞するエッセイ、民衆の命の灯をともすような小説、さらに千田梅二さんの版画と組んだ絵ばなし。そうした文学の道をさまよったあと炭鉱労働者のルポルタージュにたどりつき、後の記録文学の諸大作に連なる一歩を踏み出した年であり、晴子さんとの交際が一気に深まり、結婚へと突き進んだ年でもあったからだ。

『キジバトの記』におさめられた文章から、独身時代の英信さんに多彩な女性関係のあったことが推察できよう。転進し流転していく時期には、必ずといってよいほど女性の影がつきまとっていた。取材を通してそのことを知った私は、追悼録に載せる伝記にどこまで書きこむべきか悩んだ。女性の手紙や写真はずっと保存されていたのだから、晴子さんは核心に迫っていたにちがいないのだが、私を試すかのようにちらちら洩らすことはあっても、確たる事実を教えてくれることはなかった。そうした女性に私は直接会うこともあれば、電話で話すにとどめることもあった。

本書に「曼殊院の君」としてでてくる女性がいる。英信さんが京都大学を中退し炭鉱に向かう決断をしたことと深く関わっていた女性である。その所在がわかり、私が関西まで会いにいくつもりだと伝えたときのことだった。晴子さんは「そこまでする必要はありません」ときっぱり言い切ったのである。その言葉で踏ん切りがついて、私はその女性に会うことはやめ、同時に、伝記の中で女性関係に触れるのをいっさい避けることにした。畑晴子だけ登場するのも変なので、二人の交際が始まる直前で、ひとまず幕を降ろす構成にしてしめくくったのだ。

「結婚したあとの英信さんを書けるのは、晴子さんしかいません。どうか、その後の記録をご自身の筆で書いてください」

そうお願いし、バトンタッチして、わが重荷を降ろしたのだった。

執筆を終えて疲れきった私の手元に、半年かけて聞き集めた十数冊の取材ノートと相当な量の文献が残った。それを段ボール箱に封じ込めると、上野さんの家族と最も親密に交わってきた塩谷利宗さん宅に送った。上野文学とその人生が、再び評価される日がきっとやってくる。上野さんが敬愛してやまなかった、あの田中正造が、あの宮沢賢治が、後世の人々の求めに応じて甦ってきたように。その時代に、新しい視点で、この資料が見直されれば幸せである。もはや私が、上野英信の記録を書くといっただいそれた思いにとらわれることはない。

そう考えて封印した箱を、再び開こうとしたのだから、記録者の性はまこと悲しきものである。晴子さんの腹部にでた癌が、手術と抗癌剤治療を受けたあと再発したと知らされたのは、九六年十二月のことだった。にわかに私の心に焦りが生じた。晴子さんの命とともにあの小伝以後、つまり五五年以降の上野英信も消えてしまうのではないか。そんな恐れから、話の聞ける間にできるだけのことを聞きとって、新たな取材ノートを作っておきたいと思い始めたのだ。

入院先の福岡亀山栄光病院のホスピス病棟を訪ねて、インタビューができたのは九七年六月二十五日のことだった。昼食をはさんで六時間、ベッドに寝た晴子さんから、英信さんとの思い出話をたっぷり聞かせてもらった。そろそろ引きあげようとしたときだった。晴子さんがこう言った。

「今日お話ししたことは、だいたい私が書いてきたことですよ」

評論家の松原新一氏の指導を受けながら、福岡の友人たちと文章を書いていたことは知っていた。私も二、三本読ませてもらったことがあったのだが、全体でどんな内容になるのか、どれだけの量になっているのか、まったくわからなかった。

「読んでみますか」ときかれて、「ぜひ読ませてください」と答えた。

一九八九年から九五年にかけて書きつづったエッセイのコピーが、長男の朱さんから送られてきたのは七月終わりのことだった。四百字詰め原稿用紙に短くて二枚、長くて七枚、美しく流れる字体が姿勢を崩すことなく升目を埋めている。数えてみれば四十九篇ある。

書いた順に重ねられたエッセイをめくるうち、動揺、ショック、驚愕が次々と襲ってきた。がらがら崩れるものがあった。信じられないと叫びたくなった。耐えられずに目を離すこともあった。ほっと胸をなでおろすこともあれば、心の安らぐところもあった。興奮冷めやらぬままに、晴子さんにあてた手紙を書いた。このエッセイから受けた衝撃を生の形で伝えたかったのである。駆け足の文章ではあるが、上野英信の文章と人柄を敬愛してやまぬ者の率直な読後感として、そのままここに紹介しておきたい。

二十八日、朱さんから宅急便で送ってもらった五十篇ほどのエッセイを読み始めました。最初の十篇ほどを読んで、静かな調子の文章で、太い骨格の上野英信像に肉付けされ、さらに神経が通っていくような印象を受けていたのですが、「二月」にきて恐ろしくなってきました。特に「教育でなく調教」「精神の纏足状態」という表現のすさまじさに強い衝撃を受けました。「私が複眼を備えて、ものごとを多層的に見るすべを身につけた」というように、ご自身を客体化し観察するところに、作家の目が感じられるようになりました。心の闇を率直に開示する姿勢がはっきりでています。それまでは上野英信を引き離そうとして格闘する跡がにじんでいたのに、「二月」前後で、上野英信を完全に対象化できたようにみえます。文章に勁さが現われ、読んでいてたじろぎを覚えました。覚悟なしには読みつづけられなくなりました。

中断しました。さし迫った仕事を片付け、七月最後の日に再び読み始めました。一気に読み終えました。『廃鉱譜』と対にして読まれるべきエッセイ群だと思いました。

闇を砦にした、その闇よりもっと深い闇。『廃鉱譜』とともに読まれて、筑豊文庫の、上野英信の実像がはっきりと焦点を結ぶ。と同時にこれらエッセイは、「金を惜しむな、時間を惜しむな、命を惜しむな」を実践した記録作家に連れ添った女性の存在を証すみごとな文学になっていると思いました。

特に最後に来て、「古い手帳」で一度は引き離した上野英信をいまふたたび自分の内側に抱きこむのを読んで、五十篇全体で、巨人上野英信の幻と葛藤をつづけた精神の遍歴が跡付けられているのを知らされます。

最高の追悼であり、最良の上野英信伝だと思いました。ここ何年も、人を彫ることをつづけてきた僕に、教えてくれることの多い文章でした。冷静な観察と簡潔にして無駄のない表現力に脱帽いたします。

「心の瘡蓋が乾きはじめたのではないか」とあるのを読んで安堵いたしました。書くことで、心の膿をしぼりだし瘡蓋が乾いていったのでしょう。とすれば、これも上野英信のなしたことかもしれません。上野さんは書かなかったことが多すぎた、というのは追悼録に若き日を追った僕の感想です。トータルな実像を表出させるのが記録作家の仕事なら、この一連のエッセイを得て、上野英信ははじめて全体を現わしたような気がします。上野文学を読み、解き、論じ、構築するに、ぜひとも必要な文章が書かれたのだと考えます。

この手紙に付け加えるならば、私の胸に突きささってきたのは、小さな穴がどんどん大きく開いて噴出する夫への反発の激しさであった。いや、それにも増して深くて強い夫への愛情であった。相反する心情の錯綜する中で、心底ひかれた男の日常を、仕事を、感情を、醒めた目で見つめてきた視線の先に、飾りのない平易な文章の上野英信像がうちたてられたのである。私の書いた平板なものとちがい、そこには、まぎれもなく血が通い、肉付けされ、神経とぎすまされた人間上野英信が存在していた。それも、ほとんど他人に見せることのなかった心の闇を裸にしたままで。

「闇を砦にして」というのは、英信さんが好んで使った言葉である。その闇は、筑豊の地底の闇のことと理解されがちだが、実はそれだけでなく、上野英信自らの心の闇をもさしていた。その闇が、よく知られた原爆体験や炭鉱体験からだけでなく、まったく書かれることのなかった、捨てた郷里や家族、侵略の地満洲の大学、遍歴した女性、化石のように古風な女性観などに根ざした闇であったことを、本書は教えてくれている。そのうえで、読者は筑豊文庫に潜んでいたもう一つの闇の存在を知らされるのだ。もっとも濃くて、もっとも知られることのなかった闇。そう、上野晴子が心にいだきつづけた闇である。

本書が、上野英信を論ずる他の著作の追随を許さぬのは、まさに上野が文学を構築する核とした闇の正体を切り裂いてみせたところにある。これにまさる上野英信伝が書かれることはもはやない。

私は手紙を送ったあと、所用で福岡へ行った際は病院に顔をだそうと思ったが、あえてお見舞いのため宮崎から出かけることはしたくなかった。花で飾られたホスピスの落ち着いた雰囲気にお別れの挨拶は似つかわしくなく、祝福してお送りするのがいちばんふさわしいと感じたからだ。

二カ月ぶりにホスピスに行ったのは、晴子さんの通夜の日だった。自分で選んだ旅立ちの装束を着て、晴子さんは、穏やかな顔で白い柩に納まっていた。記録作家の夫が描こうとしなかった自画像を、みごとに代わって書きあげて、思い残すことのないさっぱりした寝顔に見えた。その夜、病院の畳の部屋に泊めてもらった。祝福して送る私の目に、晴子さんの小柄な体が光の輪に包まれて、大きな腕を広げて待つ英信さんの胸に飛び込んでいくのが見えた。その光は、「古い手帳」にでてくる福岡市の東公園の光だったのかもしれない。四十年前、英信と晴子が二人で初めて歩いたという、あの公園の灯明台のなつかしい蠟燭の光である。

騾馬の蹄

上野　朱

「あたしにとっての筑豊文庫が無くなってしもうた……」母が亡くなって数日たったある夜、近くに住む母の一番親しかった女性はこう言って泣き崩れた。一九六四年に上野英信と晴子が開いたこの筑豊文庫であったが、ある人にとっては英信そのものが文庫であったり、またある人にとっては単に本や資料が詰まった建物だけを指すこともあった。しかし、この女性にとっては晴子とその周囲の空間が筑豊文庫であったのだ。「夫・英信を陰で支え」と評されることの多い母であったが、この女性の言葉を聞いて私は改めてこの場所における母の存在を認識することになった。

英信と晴子はまさに筑豊文庫という荷車の両輪だった。そのどちらが欠けても車は前に進まず、また替えとなるような新しい輪もどこにも見あたらなかった。なぜならその二つの輪はそれぞれが余りにも強烈な個性を持っていたからだ。激しく回転する夫の輪、一見穏やかそうに回る妻の輪、この異なる二つが同じ方向に進もうとする時、その間には当然のように捻れや軋みや摩擦熱が生じる。

さらにこの二人は言葉に非常に鋭敏であり、言葉の持つ力や恐ろしさを熟知していたから、一撃で相手を打ち倒す術も良く知っていた。

言の葉ならぬ「言の刃」使いである。だからなにかのはずみで二人がお互いに刃を向け合った途端、目に見えぬすさまじい言葉の火花が散ることになる。そうなると父はもう仕事にならず、怒り狂って庭の草むしりや樹木の剪定をし、母は風邪をひいたような状態になって寝込んでしまう。母の言う「(夫を)すーかん気色」がするらしい。しかし寝込んでいても来客はある。そこで母は寝床から起き出して酒肴の用意をし、父は一転、さわやかな顔をして客人を招き入れ、今でも懐かしんで語られる大きなテーブルを囲んでの「筑豊文庫の酒宴」が始まるのである。そして酒盛りはいつ果てるともなく続き、母は疲れて眠くなる。そうなると「君はなぜそう寝たがるのだ、東京のバーのマダムは眠がらん」と、これも呑み疲れた父がからみ始め、再び客人には見えにくい火花が散り始める。

とはいうものの、この二人がいつも角つき合わせてばかりいたわけではない。互いに気遣い、やさしい言葉をかけ合うこともあったし、そもそも同じ革命を信じ、同じ夢を追ってこの筑豊へやってきたはずであった。それだけになおさら、英信と晴子が主従の関係や被害者と加害者の関係であってほしくない、それぞれが独立した個人であってほしいと私は願っていた。

しかし筑豊文庫の日々の中では父は常に王様のように振る舞い、母は自分の気持ちを押し殺して夫に従っていた。それは夫に気持ちよく仕事をしてもらうために母自らが選んだ立場であり、また自分達の進むべき方向を指し示す人として全幅の信頼もおいてはいたのだが、あまり居心地の良い立場ではなかったように思う。来客の前で父にからまれ罵倒され、唇を嚙みしめて台所に引き下がってきた母が「あたしは法皇の驟馬《らば》になるんだから」とつぶやくのを皿洗い小僧の私は何度か耳にした。ドーデの『法皇の驟馬』に描かれる驟馬が忍従の内に密かに蹄《ひづめ》を磨き、ある日ついに相手を空高く蹴り上げる姿にあこがれていたようだ。

しかし筑豊文庫の驟馬はせっかくの蹄の威力を発揮することはなかった。なぜなら記録文学者・英信に対しての尊敬は最後まで揺らぐことはなかったし、自分を筑豊に連れてきてくれたことに心から感謝していたからだ。この地にこなかったら私は何も知らないままで終わってしまっただろうし、あんなふうに頭を押さえつけられでもしなければ、私は高慢ちきなとんでもない女になっていたに違いない、と母は話していた。おまけにいつか蹴飛ばしてやる、と思っていた相手はしたいだけの仕事をするとさっさと死んでしまったものだから、騾馬としても困ってしまう。

そして母は文章を書き始めた。父の死後二年経った一九八九年、松原新一先生を中心とする福岡での小さな勉強会に参加するようになってからのことである。

「僕の目の黒いうちは晴子に文章など書かせません」と公言していた夫が亡くなって、己を縛っていた鎖が切れた気がしたのか、田部光子氏やひわきゆりこ氏らの励ましを受けつつ、母は毎月四、五枚ほどの原稿を書いた。それは母にとって上野英信の呪縛から自分を引き剝がし解放してゆく作業でもあった。その頃母は私にこう語っている。

「この頃やっと『こうしたら、こう言ったら、もしかしてお父さんに怒られるんじゃないかしら』って思わなくなった」と。

以来母は気の向くままに文章を書き、短歌を作り続けた。結婚してすぐ「短歌の最も悪しき弊害を君の上に見る」として歌を詠むことを禁じられ、まるで隠れキリシタンのように、夫の目につかない日記の隅などに歌を書きつけていた母だったが、おおっぴらに短歌のノートを机の上に置いておくことができるようになった。

こうして母が次第に自信を取り戻してきた一九九五年秋、腹膜癌が発見された。「昔から腹に一物、のあたし、やっぱり一物有ったわね」と笑っていたが、癌が嬉しいはずはない。しかし母は嘆きも悔やみもしなかった。夫の病気の時には精神に異常をきたすほど落ち込み嘆いていたが、自分の時は他人事のように沈着冷静、病状の進み具合までも好奇心の対象としてしまっていた。自分の精神と肉体をじっと観察していたのである。この観察癖が母の大きな特徴であったし、自分のために身も世もないようになってくれる人が好きだった父としては、大いに不満なところであっただろう。しかし同時にその母の観察力を大変頼りにしてもいたのだ。

北九州市内の病院で手術、その後七回にわたり抗癌剤の投与を受けたが、一九九六年秋には再発を確認。翌九七年四月下旬、母自身の希望で福岡亀山栄光病院のホスピスに入院した。入院してすぐのこと、ドクターから「どうぞ肩の力を抜いて、ゆっくりと」と言葉をかけられた母は、それが優しい気持ちからの言葉であるとは認め、感謝しながらも、あとで私にこう言ったものだ。

「あたしは今まで、肩の力だけで英信に対抗して生きてきたのよ。あたしから肩の力を抜いたらなんにも残らないでしょうが」
とはいいながらも母はいつの間にかすっかり力を抜いて、窓から旧・海軍志免炭鉱のボタ山が見えるホスピスでの暮らしを満喫し、一九九七年八月二十七日午後、満七十年と八ヶ月の命を終えた。その前夜、母は私に「いろいろあったけれど、なかなかに楽しい人生だった」という言葉を残した。

母の遺志と友人の皆さんの勧めとによって遺稿集を編むことになった。文章は最後の四篇を除き勉強会で書いた日付の順に並べた。夫・上野英信の幻影を振り払ってゆく過程が窺えるのではなかろうか。また内容も相当に辛辣なものであるから、自分の知っている英信さんはこんな人ではない、これはフィクションに違いない、と受け取る人もあるかもしれない。しかし文章は鋭く、話は人を飽きさせず、いくら呑んでも姿勢の崩れない英信が実像であるように、頭も尻尾もないような論理を振り回して女房を閉口させる姿も、また英信の実像なのである。マサカリを真っ向上段に振り上げて圧倒する父と、音もなく忍び寄ってアイスピックで脇腹を一突き、の母。生まれながらの桟敷席から見ていた私の判定は、引き分け、である。

この遺稿集を出版するにあたって、川原一之さんが跋文を引き受けて下さった。上野英信と同じ流れを汲む記録作家として、母が最も信頼していた人物であり、きっと喜んでいることだろう。また裏山書房の山福康政・緑夫妻、海鳥社の西俊明氏にもお世話をおかけした。この場を借りて厚く御礼申し上げたい。

最後に、鞍手町新延六反田の人々、及び母に文章を書く場を与えて下さった松原新一先生と勉強会のお仲間、さらに母に安らかな最後の時間を下さった福岡亀山栄光病院ホスピス病棟のスタッフの皆さん、そして七十年の生涯で母が心を通わせたすべての方々に心から感謝申し上げます。

一九九七年十二月

新装版によせて

上野　朱

「死児の齢」――生きていたならあの子はいくつと幾度数えてみても、死んだ子どもは戻りはしない。それが虚しいことだとわかっていても、わかりすぎていても、つい指折り数えてしまうのが親の心の哀しさだろう。同様に「死父の齢」や「死母の齢」という言葉があってもよさそうなものだが、こちらは辞書にも載っていない。諦めるものだという暗黙の諒解があるのかもしれないし、親の年を数えるには指は足りないようにできている。

そんなことを考えるのは、この春も私が夕顔の種を播いたからだ。本書「年のはじめに」にあるように、金盞花や百日草といった「つよい花」を好んだ夫・英信に対して、妻の晴子は夕顔や鷺草といった花びらが薄くて白色系の、どちらかというとひっそりした印象の花を好んだ。その好みは日ごろの二人の言動やそれぞれの文章にも表れていると思うし、毎日のように自宅に迎えた来客に与えた印象とも共通するものがあるだろう。

回復の見込みのない癌の再発でホスピスに入院する少し前、母はそれまでの春と同じように夕顔の種を播いていった。それは母の命が散りゆく八月なかば過ぎに満開となり、弔問客も途絶えた秋に数粒の、乳白色の種を残して枯れた。

「人は死んでゴミになる。だからあたしもゴミになる。すっきりしていいじゃないの」と公言していた母のことだし、私とてこの発芽しにくいツル性植物に母の魂が宿っているなどとは思わないが、せっかく生えてくるものを絶やすのももったいない。夏場に花を咲かせてはまた次の年のための種を採り、と繰り返している間に今年の夕顔はとうとう十六期生となってしまった。植物の手入れなどまるで苦手な私だが、こうなったらいけるところまでいってやれと心を決めて、米のとぎ汁なんかをせっせと根元に注ぐ日々である。

さてそんな十六年の間に私も多くの人を見送ってきた。版画家の千田梅二・愛子さん夫妻や、同じく版画家のうえだひろしさんなど、父がまだ独身で遠賀郡の日炭高松炭礦に勤めていたときからの親友や、本書にも名前の出てくる岡部伊都子さんや野上さんといった、「筑豊文庫」創設以来物心ともに支えてくださった人々、そして両親が「イサオちゃん」と呼んで親しんだ元日炭高松炭坑夫のカメラマン・山口勲さんもいまや鬼籍の人だ。

とりわけ、ああ長らえてその成果を見せてほしかったと思うのは、大分県中津の作家・松下竜一さんである。松下さんは「上野英信に真正面から立ち向かうのは気後れがするが、晴子を描くことで英信を浮き彫りにしたい」と、友人縁者を巡って取材まで進めておられたのだが、それも叶わぬこととなった。

母は「二月」の中で自分の夫について、「彼は『母』を描くことができても『女』を描くことはできない人だ」と断じているが、松下さんなら母も女も描くことができていたに違いないし、英信に封じられた晴子の短歌にもう一度光を当てることもできただろう。

しかしこんな思いを巡らすことも「死児の齢を数える」のたぐいかもしれないし、「ものごとを蒸し返す」のは父の最も嫌うところであったから、「なさけない！」と叱られないうちにやめておこう。

新装版刊行にあたって、海鳥社の西俊明さんに再びお世話になった。また一九九八年の初版時に版元となり、装幀も引き受けてくださった裏山書房の山福康政さんも今は鬼籍（どうもあちらの方が賑やかなようだが）のひとりである。しかし今回の新装版にはその娘、山福朱実さんの手になるカバー画と挿画が寄り添ってくれることになり、命の引き継ぎと手渡された種の芽吹きを眺めているようで心弾む。お礼申し上げる。

上野晴子（うえの・はるこ）1926年，福岡県久留米市に生まれる。畑威・トモの6人の子の長女。高等女学校の一時期を東京で過ごすが，成人までのほとんどは福岡で暮らす。1956年，上野英信と結婚。同年，息子・朱を出産。1964年，福岡県鞍手郡新延に移り，夫とともに筑豊文庫を開設。1997年8月死去，享年70。

新装版
キジバトの記

■

2012年9月7日　第1刷発行

■

著者　上野晴子
発行者　西　俊明
発行所　有限会社海鳥社
〒810-0072 福岡市中央区長浜3丁目1番16号
電話092(771)0132　FAX092(771)2546
http://www.kaichosha-f.co.jp
印刷・製本　有限会社九州コンピュータ印刷
ISBN978-4-87415-860-9
［定価は表紙カバーに表示］

海鳥社の本

蕨《わらび》の家　上野英信と晴子

上野　朱著

炭鉱労働者の自立と解放を願い筑豊文庫を創立し，記録者として廃鉱集落に自らを埋めた上野英信と妻・晴子。その日々の暮らしを，ともに生きた息子のまなざしで描く。

四六判／ 210 ページ／上製／ 2 刷　1700 円

上野英信の肖像

岡友幸編

「満州」留学，学徒出陣，広島での被爆，そして炭鉱労働と闘いの日々。筑豊の記録者・上野英信の人と仕事。筑豊文庫に残された膨大な点数の中から精選した写真による評伝。

四六判／ 174 ページ／上製／ 2 刷　2200 円

筑豊炭坑絵巻　新装改訂版

山本作兵衛著

ユネスコ世界記憶遺産に登録された山本作兵衛炭坑画。その炭坑画から色画 120 点，墨画 72 点を収録。著者の「筑豊炭坑物語「筑豊方言と坑内言葉」「自筆年譜」を収めた大型画集。ここには，光と闇にみちた地底の英雄時代がある。

A4 判／ 286 頁／上製／函入り／ 2 刷　6500 円

ボタ山のあるぼくの町

山口勲写真集

ヤマで生まれて，ヤマで育ち，ヤマで働きながら，ヤマを撮り続けてきた元坑夫が伝えるヤマの記録。戦後の筑豊で，炭住で生きる人々の日常，ヤマの労働，事故，そして炭坑の終焉までを共に働いていた視線で記録する。

B 5 判／ 160 頁／並製／ 2 刷　2800 円

水俣病の50年　今それぞれに思うこと

水俣病公式確認五十年誌編集委員会編・発行

水俣病は終わったのか。1956 年，公的に確認された水俣病。未曾有の産業公害であり，防止を怠った行政の責任が明確になった今，患者，行政，医師，弁護士，支援者などが問う水俣病の 50 年，そして未来。

A 5 判／ 408 頁／上製／ 2 刷　3200 円

＊価格は税別